LOS GUARDIANES

ALPHA DECAY
174

Sarah Manguso

Los guardianes

Una elegía

Traducción del inglés de Julia Osuna Aguilar

ALPHA DECAY

«Toda señal es equívoca.»

Proverbio *yiddish*

En la edición del jueves del *Riverdale Press* apareció un reportaje que empezaba así: «Anoche, en la estación de Riverdale de la calle 254, un cercanías de la red Metro-North arrolló a un hombre blanco no identificado que murió en el acto».[1]

El maquinista declaró ante la Policía que el hombre estaba solo y que saltó. Los agentes de las fuerzas del orden retiraron el cuerpo de las vías y no encontraron identificación alguna. A los 425 pasajeros del cercanías se los trasladó a otro tren, lo que les ocasionó un retraso de veinte minutos.

De haber sido periodista, habría hablado con todo el mundo y habría anotado hasta el último detalle en el acto. Habría ido al hospital y habría conocido a todas las personas que estaban en la planta de psiquiatría cuando Harris cogió la puerta y se fue, y entonces este libro habría sido una descripción más precisa de la verdad.

De haber tenido que escribir con rigor, previas investigaciones necesarias para confirmar determinados hechos, le habría preguntado a la gente sobre la última vez que habían visto a mi amigo Harris, o habían hablado o sabido algo de él. Me da miedo plantearles esas preguntas a sus padres. Me da miedo hablar con la última mujer con la que estuvo liado. Me da miedo quedar con sus médicos o con el hombre que conducía el tren.

Me he pasado tres años estudiando orquestación *klezmer*, física de las tormentas y cartografía de Europa del Este. Pensé que podría canjear mi vida por esa búsqueda tozuda y sin sentido. El temor a conocer tantas respuestas me llevó a no plantear ninguna pregunta, y ya van casi tres años. Ahora es imposible que alguien recuerde las trivialidades del 23 de julio de 2008.

Podía haber esperado hasta el fin de mis días para intentar comprender lo ocurrido en aquella fecha, dejarlo para el final con la idea de analizar todo su efecto, pero, en lugar de eso, he esperado lo que se me antoja un periodo de tiempo arbitrario y carente de sentido.

En su momento me esforcé tanto en no percatarme de la muerte de Harris que apenas me acuerdo. El tiempo ha ido erosionando el recuerdo del momento incluso mientras va acumulando ya el polvo de lo que ha pasado desde entonces. Ahora, sin embargo, necesito intentar recordarlo para evitar que me persiga.

Sabemos que la laguna temporal comienza pasadas las doce del mediodía, porque así lo confirma la enfermera del puesto, y sabemos que termina a las 22:48 porque fue a esa hora cuando el tren entró en la estación. Es posible que en algún punto de ese minuto el maquinista accionara el freno neumático; quizá hiciera sonar el silbato. Y antes o después de hacer una cosa u otra, el morro respingón del tren —o tal vez toda su parte inferior—, justo por encima de las vías, entró en contacto con el cuerpo todavía vivo de mi amigo.

Me gustaría afirmar que en la vida de Harris se perdieron diez horas, pero no sería cierto: lo que ocurre es que esas horas estuvieron en su vida y en la de nadie más.

Aunque lo desee con todas mis fuerzas, no soy capaz de afirmar que Harris se tendió sin más sobre las vías del tren y sintió un gran alivio. Tan solo puedo imaginarme el suplicio, una luz cegadora y, luego, la nada.

El que ahora llevo conmigo —y a veces, sin previo aviso, refulge— no es su dolor. Es el mío, y al contrario de lo que hacía mi amigo, yo no intento disimularlo. Lo dejo adueñarse de todo. Me pongo a chillar en mi estudio. Lloro en el metro. Le cuento a todos mis conocidos que mi amigo se tiró a las vías del tren.

Hay quienes creen que tienes que ser una persona egoísta para contemplar el suicidio como posibilidad, pero yo no creo que esté a disposición de cualquiera. Estuvo a mi disposición durante un tiempo, y luego la puerta que había entre medias se cerró; y así se ha quedado.

Hay quienes piensan que debería estar enfadada con Harris, pero no es así: yo creo en la posibilidad del sufrimiento insoportable.

El hombre al que se le fue muriendo su amor poco a poco quiere que este libro vaya sobre el amor.

El hombre al que se le murió un hermano de un día para otro quiere que este libro vaya sobre la rabia. «No pude salvar a mi hermano», dice. «Esto no se quita con nada», dice.

A veces desearía que se hubiese muerto otra persona en su lugar: una de esas que se pone delante de las puertas abiertas del metro e impide el paso, por ejemplo, o de esas que dejan montañitas de cáscaras de cacahuetes en el cercanías. La fantasía me sobreviene como un fogonazo: «¡Puedo devolverle la vida!».

A esa mujer que le cambia el pañal a su hijo y deja el sucio en un asiento de plástico naranja del metro, a esa, la habría cambiado por Harris. Y habría hecho otro tanto con el hombre que le quita el envoltorio a un caramelo, se lo mete en la boca y tira el papel justo a sus pies en el andén, lo mastica, desenvuelve otro, se lo mete en la boca, tira el papel justo a sus pies en el andén y vuelve a masticar.

Harris tocó y compuso música, diseñó *software*, aprendió a conducir, fue a la facultad, se acostó con chicas, se mudó a Nueva York, se mudó a California, hizo un posgrado, volvió a Nueva York, hizo otro posgrado. Sus tres brotes psicóticos apenas ocuparon espacio en su vida.

En la primera crisis contrató a un abogado, convencido como estaba de que sus compañeros tramaban una conspiración contra él. Llamó a su hermana sin saber ni dónde estaba, creyendo que le habían echado algo en la comida. Ella le dijo que se tumbase en la cama y descansara. Se llamó a sí mismo una ambulancia pero, en cuanto llegó, la mandó de vuelta, fue en su coche a una gasolinera, aparcó, se bajó y durmió detrás de un contenedor. Se le apareció un perro que hablaba y que le dijo que entrara en una casa, que casualmente no tenía la puerta cerrada con llave. La gente que había dentro llamó a la Policía, que arrestó a Harris y lo llevó al hospital. Tras treinta y seis horas de llamadas de teléfono, su madre por fin lo localizó.

No sé qué raza de perro era, ni de qué color era la casa, ni qué sensación le produjo a mi amigo el tacto del pomo en la mano.

Después de esa primera crisis, a veces se quedaba callado en medio de una frase.

En la segunda crisis, al año de la primera, se perdió de vista en una fiesta que estaban dando en una azotea, y hubo unos instantes de pánico en que la gente creyó que se había tirado. Alguien fue a su casa y se pasó un buen rato llamando a la puerta hasta que Harris por fin abrió, con el puño en alto, dispuesto a atacar. Pasaron unos días. Canceló una cita porque quería ir a ver una obra. Un primo suyo fue a Brooklyn para recogerlo ya bien entrada la noche. Cuando por la mañana comprendió que iban a llevarlo al hospital, Harris se escapó de casa de su primo y al final fue la Policía la que acabó internándolo.

En la tercera crisis, también con un año de diferencia, lo dejó con su novia. Fue en taxi con una tía suya al hospital. Por su propio pie: sabía lo que le estaba ocurriendo.

Tenía náuseas. Puede que estuviese deshidratado. No lo sedaron.

Y luego están esas diez horas de las que no se sabe nada.

Le gustaba comer farra a la plancha. Y beber Manhattans.

Escogió el momento para saltar al tren, y esa es toda la historia.

En la época de la facultad cinco amigos ocupamos todo un verano la casa que tenía el padre de uno de ellos en Cambridge. Como al progenitor en cuestión no le habría hecho mucha gracia, una vez por semana, cuando venían a limpiar la casa y a regar las plantas, recogíamos nuestras cosas, las metíamos en los armarios y no volvíamos a la casa hasta por la noche. A mí me tocó la habitación de la hija, y todas las semanas colocaba los peluches sobre la cama siguiendo el dibujo que había hecho para acordarme.

Ese verano trabajé en una editorial, haciendo índices de manuales de contabilidad. En la oficina hacía un frío que pelaba, de modo que cogí un jersey marrón del armario del padre de mi amigo y lo colgué en mi cubículo. Me lo ponía todos los días. No recuerdo haberlo lavado.

A veces salía de copas con el resto de los becarios, que ya se veían como futuros trabajadores a jornada completa de la editorial en cuanto terminasen la carrera. Con lo que ganaban, o con otro dinero, se compraban ropa de oficina (chaquetas, gafas de pasta, medias).

De mis cuatro compañeros de piso, Harris era el único que trabajaba. Los demás se dedicaban a ver la tele, a beber sandía colada y a tomar el sol en la azotea. A uno le dio por decir de vez en cuando con un fuerte acento alemán: «No estamos viendo la televisión, ¡estamos leyéndola!».

No recuerdo haberle dado la mano a Harris cuando nos presentaron, y todavía pasarían años hasta que aprendimos a hablarnos, pero recuerdo la complicidad que teníamos por ser los únicos trabajadores de la casa.

Al acabar la facultad nos mudamos todos a Nueva York. La madre de Harris alquiló un *loft* en Manhattan, en la calle Chambers, y a lo largo de la década siguiente, un montón de conocidos vivieron allí una semana, un mes o varios años.

El *loft*, que estaba en una tercera planta y había albergado antes el estudio de un fotógrafo, tenía 130 metros cuadrados, un baño pequeño con puerta, una zona alicatada con nevera y hornilla, y otra zona más pequeña en el otro extremo, de más o menos metro y medio por dos, que estaba elevada sobre un palmo de contrachapado.

Compré un retal de una tela de terciopelo rojo barata, cosí a mano una cortina para rodear esos dos metros cuadrados y puse una barra en los dos extremos abiertos. Colgué mi ropa en unas perchas de alambre que racaneé en la tintorería de la esquina, le pedí prestado a Harris un futón pequeño y una caja de plástico y estuve viviendo allí dos meses y medio.

Mi ventana de tres metros de altura daba al sur, al World Trade Center. Estaba tan pegado que ni siquiera tenía que pensar en él; cuando me levantaba, estaba allí, llenando la ventana con sus espejos.

Mis compañeros de piso pagaban más que yo y vivían en cubículos como los de las oficinas, separados por tabiques de pladur. Tuvo que pasar un año para que a alguien se le ocurriera cerrarlos por arriba. Cuando nos acostábamos, nos hablábamos en la oscuridad, como hermanitos. Cada vez que alguien ponía música en su cubículo la escuchábamos todos.

Con el tiempo instauramos una norma en contra de dicha práctica, en un intento por crear cierta ilusión de intimidad.

Al final la gente acabó llamando a nuestro piso «Calle Chambers» a secas. Todos sabíamos que era el número 119. Las llaves pasaban de mano en mano y acababan perdiéndose. Se te caían cosas por las ranuras del parqué. Te mangaban las medicinas. Los inquilinos iban y venían y los objetos personales se iban acumulando: un dibujo enmarcado, una hucha de cerdito, un bongo… Alguien trajo un perro, un cachorro. Alguien montó un teatrillo de marionetas con helio. Alguien tiró por la ventana de atrás el aparato del aire acondicionado, que se estrelló contra los tenderetes de la verdulería de abajo. Alguien publicó una novela sobre aquel piso. Alguien intentó ahorcarse en el baño.

Cada Fin de Año era como ver pasar tu vida en un instante: si te quedabas hasta bien tarde, a las horas te habías encontrado con toda la gente a la que habías conocido en tu vida, a excepción de unos cuantos familiares.

En la fachada del edificio había ventanas reforzadas con malla de alambre que daban a la escalera de incendios. Yo cantaba en un coro y practicaba allí mi parte, en medio de la cacofonía del tráfico. Nunca noté que nadie me mirara o me escuchara mientras cantaba Mendelssohn al vacío, tres pisos por encima de la calle.

Después de construir su techo y de comprar la partitura para orquesta de una ópera de Webern, Harris me invitó a su cuarto. Ya no era ningún cubículo. Yo canté como pude la parte de la soprano de no sé qué canción y él me miró como si fuese lo mejor que hubiese oído en su vida.

Harris recibió al tren con su cuerpo, le ofreció su cuerpo.

El tren se adentró en su cuerpo, se adentró contra su cuerpo.

Lo lanzó fuera de su cuerpo.

El revisor bajó a la vía, tocó el cuerpo, lo levantó y lo llevó en brazos.

No hubo necesidad de médicos.

Retiraron el cuerpo de la vía y yació dos días sin nombre.

A los maquinistas que han conducido trenes contra los que han saltado suicidas, quienes han mirado a los ojos de la gente a la que se han visto obligados a matar, no se les pide que bajen a quitar los restos de la vía. Lo de retirar los restos es cosa del revisor.

Mi compañero de laboratorio en biología de noveno, que es ahora médico de urgencias, escribe:

Dudo mucho que alguien esté en posición de afirmar con exactitud qué le pasa a un cuerpo que choca con un tren. Todo sucede muy deprisa, y me cuesta imaginar que la persona sufra algún tipo de dolor dada la enormidad y la instantaneidad del trauma, por no hablar de la fuerza que puede llevar un tren que va a tanta velocidad. No creo que puedan darse datos más concretos, más allá de que básicamente es un rápido aplastamiento de todos los órganos, los huesos, etc.[2]

En fotografías de cuerpos arrollados por coches y aplastados por ruedas de autobuses, trenes o tanques, veo que todas las entrañas rojas y amarillas del cuerpo han salido a presión de la piel. El duro cráneo se desprende. Las ropas se desgarran.

El interior blando del cuerpo ocupa sobre el suelo un área que sorprende por su tamaño.

Si trabajase en una morgue, no dejaría a la vista todo el amasijo extrudido. A quien fuese a reconocer el cuerpo solo le enseñaría una mínima parte, aquello que conservase alguna semejanza con el exterior del cuerpo, o lo que esa persona pudiera recordar del exterior, en caso de poder hacerlo.

Si no recuerdo mal, me contaron que fueron los padres de Harris quienes identificaron el cuerpo, pero luego creo recordar que tenían que recuperar la dentadura, y tal vez entonces nadie tuvo que ver lo que había quedado del cuerpo de Harris después de ser aplastado hasta sus partes integrantes.

Una vez sin anclajes, el cuerpo ya no poseía un sitio en el mundo, y no había nada más que decir sobre él.

Harris me contaba que nunca escuchaba música en el metro porque le gustaba oír los sonidos de la ciudad: el sonoro repiqueteo del metal contra el metal, el ruido casi inaudible de los coches avanzando, el sonido hojalatoso que se filtra de los auriculares diminutos de la gente, el runrún de idiomas improbables, el aliento y el movimiento de cuerpos y la música en directo de los intérpretes anónimos del metro de Nueva York.

Cuando se me quedaban en la cabeza los primeros compases de una obra musical durante meses y ya no podía soportarlo más, se los tarareaba a Harris, que al instante me decía: «Ah, pero si eso es la fuga de la Sonata para violín en sol menor de Bach».

En medio de una cita a ciegas que duraba ya unas horas, miré el reloj, a sabiendas de que no volvería a quedar con aquel hombre, pero a la vez deprimida por la cantidad de primeras citas que había tenido ese mes, y me dije: «¿Por qué no me lo llevo al concierto?». Era un pelirrojo bastante fotogénico, pero que en persona tenía un color de piel cetrino, como de vagabundo, después de treinta años fumando. ¡Treinta años! Me había propuesto aceptar citas con hombres mayores porque quería que me tomasen en serio.

Para mí era todo un alivio saber que la familia de Harris estaba en el concierto, esperándome en caso de necesidad.

Me fui con el pelirrojo al concierto, en el que mi amigo tocaba el violín con uno de sus innumerables conjuntos. Me senté al lado de su madre, a la que le presenté al hombre con el que no volvería a quedar, mientras me deleitaba en la cálida luz del subsuelo del local.

Esas citas a ciegas me proporcionaban gran placer, aunque no por conocer a gente nueva, sino por fingir que estaba intentándolo.

Salí con un actor que, en medio del restaurante de un famoso, se puso a chillar que odiaba al famoso en cuestión con la esperanza de que este viniera a nuestra mesa y acabara apareciendo con él en alguna foto.

Salí con un constructor de decorados que era cinturón negro de algo. Me inmovilizó las muñecas justo antes de que trajesen la cuenta.

Salí con un DJ que cojeaba de una pierna. Unos días antes alguien lo había abordado a media tarde en un aparcamiento, le había preguntado «¿Es neurológico?» y después lo había atracado.

Cuando estábamos aparcando en la entrada de la casa de sus padres en Long Island, donde habíamos ido a pasar la primera noche de la Pascua judía, Harris me dijo: «Cuidado o mi abuela se creerá que me he casado». Ambos sonreímos.

Nos gastábamos todo el dinero en copas y taxis. Sabíamos que otra gente de nuestra edad se había esclavizado a fuerza de hipotecarse y embarazarse. La familia suponía un bálsamo para los que no tenían imaginación, un consuelo para quienes pasaban desapercibidos, otra cosa por la que sentirse superior.

Como si Harris fuese capaz de comerse una galleta salada antes de ofrecerle una a su chica, la abuela le señaló la pasta de aceitunas y le dijo: «Anda, ponle una a Sarah». Lo que no sabíamos, claro está, era que la abuela lo había entendido, pero se hacía la sueca. Estaba de vuelta de todo.

Con los años comprendí que me habían invitado a entrar en la familia y que me había dado miedo aceptar la invitación.

Una tarde de verano Harris me propuso que saliéramos un rato, que nos apartásemos de la música y del gentío.

Me llevó a la calle. El sol pegaba con fuerza. Nos quedamos al resguardo de un edificio y hablé de algo hasta que mi amigo comprendió que no era capaz de contarme lo que quería contarme cuando me había propuesto salir. Volvimos dentro.

«Me encantaría poder enseñarte el pene —me dijo como si fuese un cuadro o un país—. Ay, ojalá pudiera enseñártelo.»

Se decía que era un miembro mayúsculo, mucha gente afirmaba no haber visto nada igual.

Seguíamos compartiendo aquel espacio abierto y desarrapado con otros tres hombres, y en la casa solía «apagar» mi sexo para, cuando los tíos se ponían a hablar de mujeres, poder escuchar e incluso participar un poco de la conversación, y no simplemente derrumbarme ante la irrelevancia de mi feminidad. Oía sin inmutarme chistes de pollas y anécdotas y juicios crueles; y así me pasé unos cuantos años.

Varias mujeres habían corroborado entre sí la supremacía del pene de Harris, y al final todos lo aceptamos en nuestra realidad como si fuese la calva incipiente o los lloriqueos de otro compañero. Harris era el que tenía el buen oído, la bici plegable y el pene.

Aparte de un par de besos en plena intoxicación etílica, Harris y yo nunca hicimos ningún amago de tocarnos, de modo que su pene siempre estuvo a salvo de la responsabilidad de su poderío; podíamos hablar de él como de un restaurante estupendo de otra ciudad.

A lo largo de los años volvíamos, siempre con ganas, al tema del eminente pene. Cada vez que hablábamos de él, comentábamos nuestros sentimientos: ¿Podría tener el honor de ver tan hermosa cosa? ¿Podríamos ambos reponernos de algo así? Y en caso de ser incapaces, ¿merecía la pena aunque fuera contemplarlo por un momento?

Si nos hubiésemos acostado, nunca habríamos podido hablar de su pene como lo hacíamos.

Ahora ha pasado a engrosar la lista de los grandes misterios.

Estuve seis meses viviendo en Manhattan antes de mudarme a Brooklyn, cerca del East River, y me desperté cuando los aviones ya habían impactado contra las torres. No había señal de televisión. La antena transmisora estaba en Manhattan, hecha añicos en el suelo.

Mientras me vestía y echaba la cámara en la mochila, Harris me llamó por teléfono.

Un penacho gigante de humo blanco se extendía hacia el este desde el Lower Manhattan, en un cielo por lo demás azul.

Fuimos andando hasta el río. En la otra orilla se levantaba una torre donde antes había dos, y saqué dos fotos del incendio en su parte de arriba.

La gente aguardaba en silencio por toda la avenida Kent. Sonaban radios de coches cada par de manzanas, y Harris y yo nos quedamos en la calle esperando, escuchando y contemplando cómo ardía el rascacielos.

Pero no mirábamos fijamente la torre como si fuese la tele; la observábamos, apartábamos la vista, charlábamos un poco. Había gente lanzándose desde ella como ángeles.

A mi lado una señora gritó: «¡No por Dios, Dios, Dios mío!», y vidas enteras perecieron antes de que yo comprendiera que la torre estaba desmoronándose. Vi los destellos de los cientos de ventanas de cristal en su camino hasta el suelo.

El tejado cayó recto hacia abajo, borrando una planta tras otra, como un fuelle, aunque solo recuerdo esto porque me acuerdo de haber pensado «destellos» y «fuelle».

Evidentemente, hay varias grabaciones del derrumbe de las torres, y si quisiera, podría verlas ahora mismo por internet, pero que yo sepa ninguna se grabó desde la avenida Kent, donde estábamos nosotros.

Harris me acompañó a casa, sin dejar de rodearme con el brazo izquierdo. Todos los metros que iban a Manhattan estaban cortados. Había estaciones llenas de cadáveres, de fuego.

Fuimos andando hasta Greenpoint, donde cogimos la línea G que va a Long Island City, y donde a su vez cogimos el cercanías hasta la estación de Jamaica, y de allí a New Hyde Park, donde la madre de Harris nos recogió y nos llevó en coche hasta Great Neck.

Hizo unos filetes a la plancha y abrió una botella de vino del país y comimos chucherías y vimos Manhattan por la tele.

Al día siguiente Harris y yo fuimos a la playa con unos amigos que también estaban quedándose con sus padres. El mar estaba muy revuelto. Perdí las gafas de sol y me revolcaron las olas. Me salió un cardenal rojo en la cadera.

La declaración de guerra ocupó los telediarios de todo el día, era la única noticia que contar, así que nos dedicamos a nadar pese al temporal. Cualquier otro día nos habríamos dado cuenta de que el mar estaba demasiado picado para nadar.

Y por supuesto todo el recuerdo de esa mañana se ha rescrito a la luz de lo que ha pasado desde entonces: que mi amigo, que estuvo a mi lado y me ayudó, que me abrazó de vuelta a la ciudad desde el río, está muerto.

Dos días después de los atentados regresé a mi casa en Brooklyn.

Dejé las mochilas y me fui al videoclub que había a la vuelta de la esquina. Tanta gente había alquilado películas que no les quedaban estuches para las cintas. Me dieron la mía en una bolsa de plástico.

Aquella noche llovió a mares. La descomposición de los cuerpos se aceleró entonces. Había cazas surcando los cielos a todas horas.

A lo largo de la cornisa del edificio de la oficina central de correos de Nueva York, construida en 1912, se lee: «Ni la nieve, ni la lluvia, ni el calor ni la oscuridad de la noche impedirán a estos mensajeros la rápida ejecución de sus rondas».

Muy rara vez tenía tiempo de hacer una de las largas colas de esa oficina central, de modo que, cuando quería mandar algo, solía coger el ascensor hasta la última planta de Macy's, donde hay una pequeña estafeta, tal y como hice el 14 de septiembre de 2001.

A medio camino se abrieron las puertas y entró una mujer llorando. No llevaba zapatos. Cuando pulsé el botón para subir al último piso, me gritó que le diera a la planta baja.

Estaban evacuando Macy's. La zona llevaba los dos últimos días sometida a la vigilancia constante de la Policía, los perros detectores de bombas y los cazas que sobrevolaban las avenidas.

Llegamos al exterior, con la mujer sin dejar de gritar a mis espaldas, y nos encontramos con toda la calle Treinta y Cuatro colapsada de gente. En medio de todo el jaleo, había personas vendiendo banderas nacionales por las aceras de casi todas las calles.

Eché a correr hacia el centro, en dirección contraria a Times Square, y a cada tanto paraba en una cabina para llamar a mi madre, que estaba en Massachusetts, y decirle que pusiera la tele y me dijese dónde estaba la bomba, porque nadie parecía saberlo. Pero resultó ser una falsa alarma.

Un mes después de los atentados, mientras iba en metro a la sede del *New York Post* en mi primer día de trabajo en el turno de noche, Estados Unidos y Reino Unido lanzaron ataques aéreos sobre Afganistán.

No participé en la noticia de portada, que titularon: «¡Tali-BANG!».

A mí me encargaron el artículo sobre el rito franciscano de la bendición de los animales, que se hacía ese mismo día. Llevaron a la iglesia a todos los perros de salvamento traumatizados y los subieron al altar.

En la iglesia de San Bartolomé un águila calva presidió el cortejo, seguida de perros policía y de salvamento. El artículo iba ilustrado con una fotografía de un sabueso llamado Chase que estaba en el altar recibiendo su bendición. «Un lebrel del Cielo», puse en el pie de foto.

A las seis semanas de los atentados, la gente seguía sin hablar en el lugar de los hechos. Todavía salía humo del cráter y llenaba el ambiente con su olor envenenado. Había quienes iban con mascarilla de gas y otros sin. Los unos caminaban junto a los otros como miembros uniformados de equipos rivales.

En ese barrio había tanto tiendas abiertas y limpias como otras que habían caído en el abandono. Rejas improvisadas tapiaban los escaparates rotos de una lencería, las medias de las vitrinas, desperdigadas y recubiertas de un centímetro de grueso polvo gris. Yo también tenía grises los zapatos y el abrigo negro. Los camiones de bomberos pasaban por las calles sin lavar y cubiertos de nombres rojos pintados con los dedos en el polvo.

Después de la rueda de prensa en la que le preguntaron «¿Cuántas?» y respondió «Más de las que cualquiera de nosotros puede soportar», nuestro alcalde cobró el carisma de una estrella de cine.

El fuego siguió vivo hasta febrero, y para entonces las Barras y las Estrellas habían brotado por toda la ciudad como una mala hierba tricolor que se alimentara del miedo reinante.

Al cabo de unos meses se encontró *bacillus anthracis*, la bacteria que provoca el ántrax, en unas dependencias postales de Nueva Jersey.

En la pequeña revista literaria de Iowa con la que yo colaboraba dejaron de abrir el correo, pero no así en el *New York Post*, donde todo siguió como si tal cosa. Yo trabajaba en la redacción del sexto piso. En la sección de Opinión, en la otra punta de la planta, habían recibido no hacía mucho una de esas cartas con bacterias.

La bacteria en polvo –que seguía en el suelo donde se había caído del sobre– estaba cubierta por una lámina de plástico que le había puesto encima un representante de la Agencia de Protección Ambiental. La agencia había considerado que los gránulos no eran lo suficientemente ligeros ni finos para que flotaran en el aire y se aspiraran, de modo que todo el mundo volvió al trabajo y se limitó a no pasar cerca de la lámina de plástico.

Solo una persona de toda la empresa contrajo ántrax: la secretaria que había abierto la carta. Tenía una herida supurante en el dedo. Le pregunté al redactor jefe si él y el resto de los redactores estaban tomando Cipro, el antibiótico del que no paraban de hablar en todos los telediarios.

«No, solo los de Opinión», me dijo.

La ciudad estaba envuelta en un sudario de papel. Octavillas manuscritas con descripciones de los miles de desaparecidos cubrían las farolas, las cabinas y los muros. En cuestión de días, acababan arrugadas y empapadas, y la mayoría se convertía en pulpa al cabo de unas semanas, pero la gente seguía pegando una capa nueva tras otra.

Justo después de que los aviones impactaran contra las torres, todo el mundo dio por hecho que habría miles de víctimas todavía saliendo a rastras de la Zona Cero o sin identificar en los hospitales, pero al último superviviente lo encontraron el 12 de septiembre.

Los que no murieron en el acto lo hicieron asfixiados por las cenizas y el cemento y el amianto pulverizados.

Se contaba que de un solo colegio de Connecticut habían muerto cuarenta padres.

No costaba mucho encontrar alguien con quien acostarse, meterse cualquier cosa o largarse de la ciudad.

El 19 de septiembre reimprimieron el mapa del metro con un espacio en blanco de la calle Franklin a Wall Street. Se cerraron nueve paradas. Tuvo que pasar más de un año para que reabrieran la primera.

En todos los bares había montañitas de tarjetas azules en las que ponía «Nueva York nos necesita fuertes», con un número de teléfono gratuito al dorso. «Si necesitas hablar, podemos ayudarte.»

Un día llegué a mi estudio y vi a la hermana de mi compañero de piso llorando: tal vez fuese el momento, ¡el del Nueva York que nos necesita fuertes! Marqué el número gratuito de la tarjeta y le pasé el teléfono. La persona al otro lado de la línea le preguntó si había tenido que faltar al trabajo por estrés, experiencias traumáticas, depresión o duelo (no sé qué palabras utilizó exactamente).

La hermana de mi compañero era poeta. Cuando necesitaba dinero, hacía de modelo para estudiantes de Bellas Artes. La persona al teléfono no tenía nada que decirle a aquellos cuyo duelo no estuviese mermando aún más la economía de una ciudad doliente. Ahí terminó la conversación.

Incluso en el verano del apagón, dos años después, Nueva York seguía con la resaca de los atentados. Me fui andando desde Chelsea hasta Bedford-Stuyvesant, cuatro horas de camino con un bochorno horrible. En el East Village vi a una mujer gritando tendida bocabajo en la acera; la gente pasaba de largo, con cara de agotamiento y mirada perdida.

Por las noches oía disparos por la avenida Atlantic y veía los dos haces de luz azul de la Zona Cero desde el minúsculo estudio que me había montado al fondo del piso.

Estaba completamente sola en casa cuando escuché que un famoso escritor se había tirado del trasbordador de Staten Island y se había matado; me levanté y me quedé parada en el vano de una puerta, apoyada en el marco. Recuerdo haberme preguntado en qué momento me había levantado y había andado hasta el umbral. Con el suicidio de aquel escritor, estaba a una muerte escabrosa más cerca de la mía.

Escribí mi obituario al poco tiempo de acabar la carrera; se me antojaba tan necesario como saberme el número de la Seguridad Social. De vez en cuando lo modificaba, añadía nombres de libros y ciudades. También escribí la nota que encontrarían junto a mi cadáver. La guardé durante años en mi carpeta para tenerla a mano cuando la necesitase. Pero ya no me hace falta: ahora solo la guardo para que me recuerde la larga distancia que he recorrido desde ese lugar al que no llega ayuda alguna.

El año pasado un amigo mío, alguien con quien había salido de bares más de una vez, alguien con quien había hablado de sus poemas y los míos, se metió el cañón de una escopeta en la boca y apretó el gatillo. Después de aquello sentí el eco de esa vieja sensación —que la raya se movía, que estaba una muerte más cerca del umbral—, pero fue un eco apagado. Me he sentido resguardada de mi propia muerte desde que cambié de tratamiento. Ya no me entran ganas de escribir poesía, pero canjeé la poesía por una existencia más larga. Lo hice conscientemente.

Antes creía que la muerte me sobrevendría cuando estuviese preparada para atravesar la última puerta; cuando ya no pudiese soportar más el sufrimiento, no tendría más que abrir la puerta y atravesarla. Aunque sigo pensándolo, ahora creo que será otra persona o cosa la que la abra.

Harris y yo estábamos una tarde de verano en el parque McCarren; es posible que hubiésemos comprado unos helados y estuviéramos comiéndonoslos. Hacía mucho calor, tanto que no llevaba más que un vestido y las chanclas de goma. Al salir solo había cogido las llaves de casa, solo tuve que subir por la avenida Bedford para encontrarme con mi amigo en el césped reseco.

Estuvimos tumbados en la hierba hasta que casi se hizo de noche, cuando Harris mencionó una fiesta en una discoteca de Queens. Yo no podía ir porque no llevaba jerséis para el aire acondicionado del metro, ni zapatos decentes, ni cartera ni nada. Hacía tanto calor que no llevaba ni ropa interior.

Harris me convenció para acompañarlo a la fiesta, él me pagaría el metro y todo lo que necesitase. No hacía mucho que había muerto nuestro amigo Victor. Me sentía triste, pero ante todo segura: ahora que Victor había muerto podía coger de noche la línea G sin ropa interior; ahora que Victor había muerto, yo nunca moriría. Eso de morir se había acabado para quienes habíamos hablado con él o le habíamos escrito la semana de su muerte. Teníamos veintiocho, veintinueve, treinta. Victor había colmado nuestra cuota de tragedia. Habría de pasar mucho tiempo antes de que le tocara morir a otro.

Cuando lo aceptaron en un máster —que le suponía tener que mudarse de Nueva York a California—, Harris me llamó desesperado.

En los cajones de su archivador me encontré con un amasijo de facturas, cartas sin abrir, recibos, servilletas de papel, entradas de conciertos, libros, cartas, zapatos y paquetes de galletitas saladas. Tiramos lo que era basura y empaquetamos el resto. Limpié el lavabo, el váter y la bañera. Me dejó ordenarle los papeles de Hacienda, las cartas de amor y todo lo que puede uno encontrarse en un cajón cuyo dueño no tiene especial interés en guardar las cosas en otro sitio que no sea ese cajón.

Tenía un montón de cajones en ese piso porque le había dado por cambiar sus muebles de madera por archivadores horizontales. Eran cajones grandes y profundos, y contenían todas sus pertenencias. Me complace informar de que no había mucha comida perecedera, o al menos no mucha que se hubiese estropeado del todo.

Recuerdo el momento bajo la luz gris oscura del día que termina, cuando por fin amordazamos las bocas de las bolsas de basura negras; supe entonces que Harris iba a pedirme que durmiera con él.

Esa noche me metí en la cama con Harris y él me abrazó. Conté hasta cinco, me levanté y me fui al sofá: esa fue la noche en que nos convertimos en hermanos.

Estaba justo enfrente de un chico que tocaba una guitarra blanca. Era un concierto en una casa de un pueblo de Massachusetts, yo no tenía ni veinte años. Mientras tocaba, el chico se miraba o bien los dedos o bien al otro lado de la habitación, pero nunca a mí. Me hizo el regalo de permitir mi anhelo. Necesitaba disfrutarlo como lo hice, sufrirlo.

La lujuria aullaba en mi interior. Y aullaba por doquier, en una rabia radiante. Fue así sin más, lo que provocaba en mí el chico de la guitarra blanca.

Es un consuelo saber que el otro siempre te querrá más de lo que tú lo querrás a él. Si la cosa se dilata en el tiempo, ocurre algo bastante peculiar: empiezas a querer más al otro por quererte más a ti.

Luego, cuando muera, te preguntarás si su muerte te habría quemado hasta consumirte: pero ahí estás, saliendo de entre las llamas bajo una forma que ya no reconoces.

Perdido en California, mientras conducía a toda velocidad, Harris me llamó a Brooklyn para que le diera indicaciones para ir hacia el oeste y salir del condado de Riverside. Como en la historia bíblica, el errante oye una voz incorpórea que lo guía para salir del desierto.

Se nos dio tan bien que durante meses estuvo llamándome cada vez que se perdía. Siempre era de noche en Nueva York y yo consultaba el mapa de carreteras bajo el flexo de mi mesa y le iba diciendo lo que veía.

La hermana de Harris me escribe: «Eras una de sus mejores amigas. Casi como una hermana, en realidad. ¡Yo sé de lo que hablo! Una vez le pregunté por qué nunca habíais salido juntos y, entre las excusas que musitó entre dientes, me dijo que no quería estropear nada».

Su madre escribe: «No sabría cómo expresarte lo profundos que eran los sentimientos de Harris por ti».

Todos los demás preguntan: «¿En qué andas trabajando?».

Estoy trabajando en un libro sobre un hombre que se tiró a las vías del tren. No tengo ningún interés en apuntalar una historia verdadera en un andamiaje artificial a modo de trama, pero ¿cuál es esa historia verdadera? Mi amigo murió: eso no es ninguna historia.

Harris pintó varias planchas de cartón pluma con rayas negras que se cortaban en ángulos rectos y coloreó algunos huecos de rojo, amarillo y azul. Con una buena iluminación, tenía una colección de Mondrians bastante aparente.

Cuando dividíamos una cuenta entre un grupo de tres o más, él siempre echaba uno o dos dólares menos que el resto.

Una vez que fue a su casa de visita la madre de alguien, a él se le olvidó tirar de la cadena.

Le preocupaba el hecho de poseer una nevera de sentido único. Decía: «El caso es que no paro de guardar comida, pero se me olvida que está ahí y para cuando me acuerdo ya se ha puesto mala. La gracia está empezando a salirme por un pico. ¿A tu nevera le pasa lo mismo?». Le conté que mi nevera era de doble sentido, y que no me había salido más cara, pero que tendría que especificarle a su próximo casero que necesitaba una nevera de doble sentido. Esta conversación es una aproximación. Imaginaos tenerla con alguien con problemas psiquiátricos.

Y ahora imaginaos tenerla con una persona cualquiera, tu amigo, en la tarde más soleada del mundo.

Después de ver a alguien tocar el violín como un demonio, cuesta decirle al demonio que pare de tararear delante de su *kasha* mientras tú intentas tener una cena agradable, sobre todo si esta ha participado de forma razonable en conversaciones durante unos siete años.

El demonio se llevó y destrozó lo que hacía brillante a mi amigo.

Harris rechinaba mucho las paletas con los dientes de abajo y se le fueron acortando. La música lo poseía: se pasaba el día tarareando, silbando, cantando, moviendo la cabeza y rechinando los dientes. Lo hacía en silencio, pero no era nunca invisible. No podía evitarlo.

Ese demonio que lo habitaba iba y venía. Cuando se iba, yo deseaba con todas mis fuerzas que no volviera, y cuando regresaba, le echaba la culpa a Harris.

Estando en California, en la otra punta del país, Harris se quedó una noche hasta las tantas con unos amigos y pensó que alguien le había echado un alucinógeno en la bebida, pero cuando lo ingresaron en la planta de Psiquiatría, declaró haber tomado él algo por voluntad propia.

Para cuando le dieron el alta en el hospital, estaba convencido de no haber tomado nada *motu proprio*. Intentó recordar la secuencia de los hechos que llevaron a su hospitalización, pero había muchos detalles que no tenía nada claros, y siempre cuesta recordar una historia sobre la confusión de otra persona.

Harris me llamó un día para preguntarme si debía limpiar la tapa del váter o era mejor comprar una nueva. Le dije que limpiase la que tenía y le hice una angustiosa descripción de un campo lleno de tapas de váter tiradas por los desaprensivos de sus dueños, que no habían querido limpiarlas, una montaña de aros de plástico color crema moteadas de amarillo oscuro. No sé si llegó a limpiarla. ¿Por qué me acuerdo de esto?

En el diccionario, «psicosis» se define como «el estado anormal de la mente»,[3] lo que tampoco es acotar mucho el concepto.

La acepción médica la acota algo más, hasta «pérdida de contacto con la realidad»,[4] pero ¿cómo se entra en contacto con la abstracción?

El diagnóstico depende de la información que da una persona cuya información es, por definición médica, poco fiable. Las alucinaciones y las ilusiones ópticas pueden venir de la mano de conductas inusuales o peculiares, dificultad para la interacción social e incapacidad para desarrollar actividades cotidianas.

No hay nada que medir, solo juicios sobre qué significa «inusuales o peculiares», sobre qué constituye «dificultad» e «incapacidad».

Otro amigo mío tenía ocho años cuando su padre se fue de casa con los ahorros para la universidad de los tres hijos y los dejó en la ruina. En las semanas que siguieron el crío que era entonces mi amigo sufrió alucinaciones en su aula de segundo de primaria: oía voces que le decían que iban a pasar cosas horribles.

La perspectiva dimensional de los trastornos, en su definición de «psicosis», afirma que la enfermedad psicótica plenamente desarrollada es simplemente la manifestación más extrema del espectro esquizotípico.[5] Para mí la perspectiva dimensional tiene su lógica. Mis camaradas de internamiento eran los mismos que conocía fuera, solo que algo más sobrepasados por la tristeza, la confusión o el miedo.

Las diferencias entre nosotros y quienes padecen psicosis podrían reducirse a cero, pero lo cierto es que tememos ser lo que ellos, tememos ver lo que ven, tememos saber lo que saben, de modo que decidimos creer que son distintos, y así, así es.

En los últimos once años he tomado gran cantidad de medicamentos psicotrópicos y he sufrido un montón de efectos secundarios, algunos tan extraños que cuesta creerlos. Uno de tantos, la disquinesia –caracterizada a menudo por movimientos repetitivos, involuntarios y sin objeto alguno, como hacer muecas, sacar la lengua o morderse o fruncir los labios–, es un efecto secundario común derivado del consumo prolongado de ciertos antipsicóticos.

En los últimos meses de los cuatro años que me tiré tomando olanzapina, cada vez que mentía o que decía algo que no era del todo cierto, el hombro derecho se me subía hacia arriba mientras la cabeza me iba hacia abajo a su encuentro. En una cena, por ejemplo, si le seguía la corriente a alguien y le decía que me había gustado un libro que en realidad no me había gustado, mi cuerpo hacía esos movimientos involuntarios. No podía decir ni una mentirijilla pequeña porque, si no, mi hombro se chivaba.

«Me alegro de verte», le decía a alguien a quien detestaba, y el hombro me salía disparado hacia arriba. No se me daba mal integrar ese tic involuntario con los movimientos normales y desenfadados de mi cuerpo, y la gente juraba no notarlo, pero al ver que pasaban los meses y el síntoma no desaparecía, cambié la olanzapina por la quetiapina, y por fin el hombro se me quedó en su sitio.

Los antipsicóticos acarrean el riesgo de una gran variedad de efectos secundarios raros: merma en la orientación espacial, merma en las respuestas sensoriales, acatisia, etcétera. Cuesta más explicar esta última porque las palabras que se utilizan para describir la experiencia subjetiva que supone son de un abstracto inútil: «Angustia, desasosiego, sensación de que te empujan, tiran de ti o te retuercen, deseo de moverse, dificultad para estarse quieto».[6]

Fue un médico checo, Ladislav Haškovec, quien acuñó el término en 1901 en una revista de medicina francesa. Es una auténtica perversión que sus indicadores objetivos no puedan distinguirse de los de la ansiedad. Haškovec informó sobre dos casos de un curioso trastorno motor. En el primero,

(...) los andares del paciente eran normales, pero, en cuanto se sentaba, se ponía a brincar como si fuese a lomos de un caballo. Durante dos semanas también experimentó pinchazos y hormigueo en los dedos y, por un periodo de tiempo menor, sintió un movimiento de torsión en la boca. Cuando se le obligaba a sentarse, pegaba un salto repentino y luego volvía al asiento. Eran movimientos que parecían automáticos, involuntarios y forzados, y como tal los experimentaba el paciente.

En el segundo caso,

(...) el paciente era incapaz de estar sentado siquiera un momento. En cuanto lo hacía, pegaba un brinco enérgico. Ocurría así tanto si estaba solo como si se encontraba en un lugar público. En ocasiones tenía que agarrarse a la mesa para evitar saltar. Las veces que conseguía sentarse, seguía con la sensación de estar saltando en el aire.[7]

Haškovec escribió: «Si se demuestra que el fenómeno en cuestión es común (...) podría sugerirse la denominación de "acatisia" (α, negación + καθίζω, sentarse)».

El fenómeno al que Haškovec llamó «acatisia» se documentó durante mucho tiempo como algo meramente anecdótico (de hecho, uno de los chambelanes de Napoleón III padecía una severa agitación en las piernas y, cuando estaba en la corte, e incluso en presencia del emperador, tenía que levantarse y andar a cada tanto).[8]

La acatisia no adquirió relevancia médica hasta la década de 1950,[9] cuando se halló el primer medicamento antipsicótico de gran potencia. Esta afección parecía más acusada cuanto más alta era la dosis.[10] Algunos estudios muestran que más de un 75 por ciento de pacientes sufren acatisia con las dosis que suelen recetarse.[11] «Inmenso sufrimiento», «inquietud insoportable», «incomodidad insufrible», son algunos de los términos que se utilizan en las revistas.[12]

Los antipsicóticos de segunda generación, con un menor riesgo de efectos secundarios extrapiramidales –los que afectan a la red neural del cerebro que participa en la coordinación del movimiento–, se introdujeron en la década de 1990 y han ido sustituyendo a los de primera generación.

Con todo, la acatisia sigue existiendo. En la actualidad es un efecto secundario reconocido de los antipsicóticos, así como de los antieméticos, antaño utilizados también a modo de antipsicóticos. Es posible que haya personas más propensas a sufrirla que otras.

Aunque se reconoce su existencia, es un fenómeno que sigue costando diagnosticar cuando los síntomas se desarrollan gradualmente[13] o no hay un seguimiento clínico adecuado.[14] A los pacientes suele costarles explicarlo con palabras y, en consecuencia, es fácil confundirlo con ansiedad aguda, depresión, psicosis, agitación, manía,[15] terror o rabia.[16]

Si hubiese una manera de describir con mayor precisión la experiencia de este trastorno, tal vez los especialistas lograsen diagnosticarla mejor, tratarla y prevenir algunas de sus consecuencias habituales, entre las que, según los estudios, se cuentan –y esto resulta sobrecogedor– el homicidio y el suicidio[17]... en concreto, saltando.[18]

Hay horas de grabaciones que soy incapaz de escuchar en las que Harris habla, ríe, toca música, etcétera; y hay seiscientas cincuenta fotografías. Mis favoritas son aquellas en las que aparece mi amigo tocando el violín, pero no por la alegría que derrocha, sino por la forma en que tiene cogido el instrumento. Eran manos diestras, las suyas; tanto el arco como el cuerpo del instrumento las obedecían. El resto de las cosas que pueda decir sobre su forma de tocar entra dentro de lo normal. Tocaba siempre música buena, y el sentimiento que trasmitía era su regocijo ante lo bueno.

Una persona que se encontraba con un músico famoso cuando este murió contó que sus últimas palabras fueron: «Oigo la música en todas partes».[19]

En las fotos de su trigésimo cumpleaños, Harris tiene una cara tan radiante que parece incluso incómodo, como si la dicha no le cupiera en boca, ojos, cara. Está rodeado de sus conocidos.

En las fotografías de su último año de vida, se le ve la cara más blanquecina de lo que recordaba y tiene la mirada fija en algún punto muy lejano. Hay una del mes antes de morir en la que sale tomando café, con una camisa azul y los ojos guiñados al sol.

Es imposible no leerlas como resúmenes: Harris toma café porque intentaba despertarse de una horrible pesadilla; Harris viste de azul porque sugiere la gracia celestial; Harris guiña los ojos ante la luz cegadora del siguiente mundo, ante los faros de la locomotora diésel.

El año que me fui a vivir a Italia perdí el contacto con mis amistades. De vez en cuando hablaba con algún editor sobre una publicación u otra. Estando allí, no vino nadie a verme. Me pasé la mayor parte del tiempo en mi cuarto, rehuyendo recepciones y tés, mientras desarrollaba un tic en el ojo, migrañas y un eczema.

De camino al baño del pasillo siempre me encontraba con alguien que me saludaba con cualquier banalidad bienintencionada que me llenaba de odio y frustración y me impedía escribir durante el resto de la jornada.

Un día me embarqué en un viaje bastante caro —dos taxis, dos trenes y un funicular—, y todo para tomar un trozo de lasaña en una terraza y pasear por una ciudad medieval, a pesar de que toda la Toscana y la Umbría me parecían la misma cosa. Me pasé el día andando medio grogui, y deseando estar en mi cuarto, trabajando.

En mis viajes tuve la disciplina de ir apuntando en un cuadernito de notas todas las cosas que fui viendo en París, Barcelona, La Valeta, Stuttgart, Viena, Nápoles. Después nunca me interesaban las descripciones.

Un lingüista me dijo con mucha calma que cuando los escritores se vuelven locos, lo hacen de maneras interesantes, pero la erupción que me salió en el párpado no tenía nada de interesante. Me pasé meses rascándomela y echándome crema, a sabiendas de que me destrozaría la piel y de que la erupción empeoraría. El simbolismo del deterioro de mis ojos era de un manido espantoso. Fui a ciudades y pueblos nuevos y reuní descripciones de todo lo que había que ver. Nunca las releí.

En lugar de pasar a ordenador mis cuadernos de viaje, me pasé la mayor parte del año de la beca intentando en vano escribir una novela sobre una cárcel-centro de investigaciones donde monitorizaban a los internos sin que estos lo supieran, hasta que se volvían locos. Enloquecí un poco, la verdad, en aquella celda mía de una villa en la colina más alta de Roma. Después de cenar solía bajar al criptopórtico, levantar la pesada trampilla y bajar la escalera que daba al acueducto del siglo I, siempre silencioso, húmedo y frío.

El resto de la gente se quedaba en el salón, entre tapices, comiendo galletas y fruta y discutiendo sobre grabados y sobre los enclaves del país donde solía haber piedras.

Iba a un psiquiatra que vivía y ejercía a pocas manzanas de la Ciudad del Vaticano.

Tenía unos párpados como mantas de una cama deshecha, que le ocultaban los ojos. Era muy menudo y anciano y se le conocía en su ámbito por un estudio que había publicado en la década de 1950. Su media melena teñida de rojo se me antojaba satánica. En nuestra primera sesión anotó todo lo que dije. En la segunda, cuando me informó sobre su tarifa por hora, me disculpé al instante y le dije que no podría volver. «¡Chica lista!», soltó tan campante.

Al final le mandé un cheque de caja por correo certificado, una gestión que en Roma puede llevarte al menos una semana. Varios cientos de euros después, me vi a la deriva en un país extranjero durante un año, sin médico y con tres frascos de pastillas vacíos.

Por suerte los benditos farmacéuticos de Via Carini intentaron cuidarme.

Cuando llevaba un mes en Roma fui a la Gran Sinagoga para el rezo del Kol Nidré, el más sagrado del calendario judío. Fui con un amigo que me había hecho, uno de los pocos judíos que conocía en la ciudad.

En el primer control nos registraron. El italiano se burló del pasaporte israelí de mi amigo: «Non vuol dire un cazzo qui», 'Esto aquí no sirve para una mierda'. En el segundo control de seguridad nos interrogaron en inglés: «¿Son ustedes judíos? ¿Son marido y mujer? ¿Cómo es que vienen juntos? ¿Para qué han venido a Roma?».

Cuando atravesamos el segundo control, mi amigo entró en la sinagoga mientras yo accedía por una puerta lateral y subía un largo tramo de escaleras. La platea para las mujeres estaba a medio llenar de señoras que parloteaban. Tenían devocionarios en los regazos pero no los miraban.

Desde la cuarta fila de la platea alcanzaba a ver a los hombres que oraban abajo con sus chales puestos, oía el eco apagado de sus plegarias. El devocionario estaba en hebreo e italiano, dos idiomas en los que no me defendía: no era ni lo suficientemente judía ni lo suficientemente italiana. Una mujer con un jersey de cuello vuelto algo raído, vaqueros y un vestido sucio por encima me saludó en inglés. Me volví, dolida. «¿Cómo lo ha sabido?» «Bueno, pues porque solo hablo inglés y hebreo y es bastante raro encontrar a alguien en Roma que hable hebreo.»

Era de Israel y estaba en Roma de vacaciones. Mientras intentábamos charlar de esto y de aquello, otra mujer me puso un pañuelo azul sobre las rodillas y me reprendió en un idioma que no entendí. Yo llevaba puesto mi único traje negro y la falda me dejaba a la vista las rodillas al sentarme. El pañuelo bien podría haber sido una bandera estadounidense.

La israelí se apoyó en la barandilla y siguió atenta la liturgia, golpeándose el pecho en los momentos adecuados.

Una mujer romana me habló en inglés y sonrió ante mi asombro. «Se nota que eres extraña», me dijo. Quería decir extranjera, «una straniera».

Después de llevar media vida creyendo a medias que si alguna vez iba a Italia me convertiría en italiana al instante, que mi apellido me anclaría allí, que la palabra «Manguso» saldría radiando de mí en un idioma que trascendería el lenguaje, en ese momento comprendí que ningún italiano creería nunca que parezco italiana.

Pocas semanas después, me enteré de que, más allá de Sicilia, mi apellido siciliano «non vuol dire un cazzo».

Cuando estuve en Francia, la morosidad de París me pareció majestuosa, lánguida, nada perezosa como el enloquecedor arrastrar de pies de los romanos. En la Rive Gauche pasé por delante de una mesa con libros de segunda mano, todos sobre animales, ilustrados y encuadernados en tela, salvo por uno, que era una historia del pueblo judío.

Soy consciente de la precisión como un fin abstracto, pero no sé qué aspecto tiene, ni cómo encontrarla, ni cómo reconocerla en caso de toparme con ella, o qué haría llegado el caso.

Fui con el hombre que todavía no era mi marido a Malta. Me habían invitado a dar una charla en la Semana de la Cultura Estadounidense de la universidad.

Nos registramos en el hotel como los señores Manguso. Como sabíamos que la religión oficial del país es el catolicismo, no vimos conveniente cambiarlo para dejar constancia de que éramos un hombre soltero con una acompañante judía.

Otro día, esa misma semana, cuando le preguntamos a una mujer de la universidad por el porcentaje de católicos del país, nos aseguró que solo el 90 por ciento del país iba a misa con regularidad.

Es más, el 98 por ciento de la población se declara católica, y, según el censo más reciente, hay veinticinco familias judías en todo el país, la mayoría de avanzada edad. Cuando nace un varón en una de esas veinticinco familias, tiene que venir un *mohel* desde Italia en avión para hacerle la *brit*.[20]

En esos últimos meses antes de que entraran en el euro, un café costaba siete céntimos, unos *pastizzi* de guisantes, once, y una cena cara, un par de liras maltesas. Los letreros de los edificios eran reliquias de la época victoriana: «House Furnisher», «Gilders», «General Store, Est. 1828». La llave de nuestra habitación era un gran chisme de hierro que cerraba la puerta por cinco puntos y que podría haber pertenecido al *attrezzo* de una obra de teatro.

Después de comer pescado en mal estado, de que me hinchara y se me pusiera la cara morada, y de ver cómo ese tinte morado me bajaba lentamente por el pecho, el hombre que todavía no era mi marido bajó corriendo a la recepción y dijo lo primero que le vino a la cabeza: «Mi esposa está enferma».

Llamaron a un médico que me puso una inyección en el brazo que costaba veinticinco liras. El morado remitió. Luego me vestí y me fui a la universidad a dar mi charla.

Esa fue la primera vez que mi marido me llamó «esposa».

En la novela que no conseguí escribir en Roma, el protagonista escribe en su diario:

El historiador recorría los pasillos como un joven héroe de guerra. Desde que nos conocimos me saludaba de la misma manera, con una inflexión invariable. Inclinaba hacia mí la cabeza en un rictus de cortesía. Si me lo cruzaba por la mañana, podía dar por perdido el trabajo del día.

Las veces que yo amanecía temprano, me lo encontraba en la lavandería, planchando una montaña de camisas, con un cuello perfectamente afeitado y firme como un soldado. Se pasaba horas en esa apuesta verticalidad, llevando un brazo adelante y atrás sobre las odiosas rayas.

Los saludos de pasillo se gritaban, las caras se volvían hacia otras, y luego miraban para otro lado, dejando los átomos de esencia en la atmósfera como detritus humanos recolectados en la alfombra caminera color tinto, nubes opresivas acechando como máscaras de diablo, y me asombraba la satisfacción del historiador por no contener nada, no significar nada, no decir nada, no mostrar nada, no ser nada.

En lugar de trabajar en los Cuadernos de Anagramas, ahora me paso los días escribiendo líneas de código y tachando luego algunas partes. Las páginas necesitan ser reescritas, retachadas, reescritas y retachadas varias veces más, pero siempre quedan cosas que recordar y cosas que escribir.

El hombre que todavía no era mi marido se pasó semanas explorando el barrio que los fascistas construyeron para la Esposizione Universale di Roma, también conocido como el EUR. Iba todos los días al anochecer para documentar visualmente las bandadas de estorninos que se citan allí una hora antes de la puesta de sol para bailar por el cielo.

Se pasaba horas bajo una sombrilla, mientras un millón y medio de animales sin esfínter volaban por encima de su cámara y de su cabeza. Ocupaban el cielo con sus cúmulos puntillistas: embudos que giraban, velas que se hinchaban, densas piedras negras. Si supiésemos leer lo que escriben en la página azul del cielo, tal vez nos dijesen algo. Es posible que estuviesen escondiéndose de ávidas aves rapaces, reforzando las alianzas de la bandada, calentando el cuerpo, maniobrando para posarse, o celebrando algo. No sabemos por qué lo hacen.

Me pasé el año en Roma añorando horrores mi vida real, pero me sentía incapaz de volver de visita o de escribir a casa apenas unas líneas. Soñaba que seguía allí.

Después, al cabo de un año, el sueño se hizo realidad.

Se me saltaron las lágrimas en vagones de metro de Nueva York, agradecida por sus idiomas, su música y la benévola tolerancia de sus gentes. La ciudad exudaba amor por los cuatro costados. Era verano. Todo volvería a ser como antes, aunque ahora apreciaría cada bocadillo, cada buena canción que escuchase en un andén.

En mi primera semana de regreso a casa, me comí la última bolsita de unos caramelos muy especiales que me había pasado comiendo todo el año en Roma, y que solo había encontrado en una tienda, la Confetteria Moriondo e Gariglio: diminutas bolitas de licor, esferas de caramelo del tamaño de pasas rellenas de licor dulce, en dos docenas de colores y sabores (arándano, violeta, uva, almendra, melón, plátano, rosa, anís). Por lo que me contaron, es imposible producirlas en masa porque hay que echar a mano, gota a gota, el licor sobre el almidón.

Las exponían siempre en un altivo montículo de colores pastel sobre una fuente de cristal con pie. Si alguno se rompía y se le salía el licor, podía echar a perder la montaña entera. Tal era la perfección con que los hacían.

Se llaman «lacrime d'amore», 'lágrimas de amor'.

A los nueve días de volver de Roma, me enteré de que Harris estaba desaparecido, de que llevaba ya tres días perdido. Llevaba un año sin hablar con él.

Se había escapado –o fugado, como suele decirse– de un hospital y se había dejado allí la cartera, las llaves y el móvil. La Policía había iniciado la búsqueda. Yo no lo había visto aún a mi vuelta. No recordaba la última vez que lo vi antes de irme. Se me antojaba un acertijo de la última página de una revista, completamente separado del Nueva York real, donde Harris estaba durmiendo en su piso, esperando al día siguiente para llamarme.

¿Dónde está Harris? Está en alguna parte de esa última página, oculto entre una multitud de Harrises, caminando entre ellos, el puente de Brooklyn recubierto de Harrises bajo un sol luminoso. Es solo un juego: si quisiera, podría tirar la revista y dejar el acertijo sin resolver y daría lo mismo.

Me pasé el día haciéndome a la idea de que Harris había desaparecido del Nueva York real, de que tal vez hubiese ido adonde nadie pudiese encontrarlo. Con un día no bastaba para hacerse a la idea de que tal vez se hubiese ido del todo. Yo por mi parte seguía reanudando los apegos con la ciudad, reubicándome entre el gentío. Me sentía como si el propio tiempo se hubiese equivocado. No era tanto que la desaparición pareciese imposible sino simplemente errónea.

A la mañana siguiente, justo antes de enterarme de que Harris estaba muerto, el hombre que todavía no era mi marido dormía a mi lado. Me quedé mirándolo hasta que no pude más y lo desperté para decirle: «Han vuelto a ingresar a Harris pero lleva tres días desaparecido y tengo miedo de que haya muerto».

El miedo no lo tenía hasta que lo dije en voz alta.

El día que identificaron el cuerpo, todos los que se enteraron de lo sucedido se reunieron en una casa. Alguien me llamó para darme las señas y fui a pesar de no saber ni quién vivía allí. «¿Qué le unía a usted a Harris?», le pregunté a la mujer que me abrió la puerta, a lo que me respondió: «El amor».

Habían recubierto el suelo de ramas y tallos recién cortados. Todo el mundo lloraba, estaba llorando, acababa de llorar o estaba a punto de hacerlo, a excepción de Jonathan, un programador informático colega de Harris desde hacía muchos años, que no paraba de llorar. ¿Quién era el inconsolable Jonathan?

Era julio. La cocina olía a leche cortada. En algún punto de la vieja casa había una mesa con un Manhattan perfecto, en un vaso que exudaba gotas.

De vuelta a la habitación del brotar y el morir, de las flores y la podredumbre, lloramos, paramos de llorar y empezamos de nuevo. La gente hacía una tarta tras otra. Yo iba lavando todos los platos que veía con la mayor parsimonia posible, para no tener que parar nunca.

El horno nos envolvía en un olor caliente, en una nebulosa dulce.

La escena prosigue. Alguien trae más harina, más mantequilla, más leche, más flores, mientras Jonathan continúa llorando. La alfombra de hojas bajo nuestros pies va subiendo igual que los bizcochos. Al otro lado de la puerta trasera de la casa palpita un jardín enorme. Llevamos los bizcochos a los que están ahí fuera. Nosotros somos los que están ahí fuera. Llevamos tallos y hojas alargadas a los de la cocina y los añadimos a los jarrones y al suelo.

Paseamos lentos por el césped, paseamos lentos por el verde, y más allá, más allá, allá.

Es posible que Harris entrase en estado maníaco en la planta de Psiquiatría, convencido de que los médicos intentaban matarlo.

Es posible que saltara el torniquete del metro.

Es posible que fuese andando, bajo un aguacero, hasta el Bronx.

Es posible que pensase que estaba poniéndose a salvo de algo.

Deambuló durante diez horas antes de ponerse ante una luz cegadora en Riverdale.

Poco importa si pensó en mí, si quiso llamarme, si me echaba de menos, estaba enfadado conmigo o me quería, pero es imposible no autoinvitarse a la caja negra de una mente desamparada.

Tiene que ser hermosísimo haber terminado. Dejar, cuando el tren entra en la estación a gran velocidad, que el viento te dé en la cara. Suponed que os vuelve de golpe toda vuestra vida. Me esfuerzo en creer que Harris evocó toda la belleza de su vida.

Me siento reconfortada cuando recuerdo que esa energía que parece desaparecida para siempre en realidad se ha ido a otra parte, se ha rendido al sistema del mundo.

Pensé que escribiría un deslumbrante relato de las últimas diez horas de la vida de Harris. Las convertiría en una historia: un hombre sale de un edificio, se come un bocadillo de farra, se pringa un poco las manos con el aceite del pescado y se lo restriega por la piel, condimentándola, aliñándola, al recordar que lo que solemos limpiarnos no siempre es desagradable.

Con las manos apestando a pescado, sale sin paraguas (llegados a este punto, me acuerdo de mi casero, que me dijo después de su trasplante de hígado, un día que estaba lloviendo, con un odio perfeccionado: «Yo no he llevado paraguas en mi vida». Le estaba cayendo un buen chaparrón).

Harris contempla los edificios antiguos y sabe que le sobrevivirán. Mira las ropas y las frutas que hay expuestas bajo los toldos y tras los escaparates y sabe que le sobrevivirán, al igual que el cielo, el sol, la materia de la que están hechas las nubes.

El pelo le clarea por la coronilla y tiene el cuero cabelludo muy blanco. Lleva sucias las caras gafas de sol que usa. Va tamborileando distintos ritmos contra las caderas y los muslos mientras anda, silbando y tarareando por lo bajo al tiempo que rechina síncopas con sus dientes manchados de tanto té.

Camina hacia el oeste y entra al parque, donde encuentra un saliente capaz de guarecer algo del tamaño y la forma de su cuerpo. Ahora llueve menos, y le entra frío por estar parado. Saca como puede el cuerpo de donde se ha acurrucado, y vuelve hacia el este, de regreso a la avenida, o al oeste por el parque, y, en un momento determinado, baja al cercanías subterráneo, que lo lleva al otro lado del tramo de agua que separa Manhattan de Queens, va sentado silbando y luego es escupido por el tren.

Se queda en un banco junto a las vías durante tres horas después de la puesta de sol. Las luces hacen que no se sienta del todo solo, puesto que logra distinguir las formas de los demás en el andén y la estación.

Todavía silba por lo bajo, la música siempre incólume en su cabeza, castigo a la par que bálsamo. Los trenes vienen y van por la vía del fondo y por la más cercana.

Se levanta como si fuera a recitar algo.

El sonido del cercanías se aproxima, la luz de sus faros en la oscuridad húmeda, ahora quizá con un velo de neblina entre ambos. Atraviesa el andén hasta la línea amarilla. Tal vez esté pensando en el aspecto de su cuerpo, y en qué impresión producirá en quien lo vea. Tal vez esté viéndolo.

Al momento siguiente está vivo, y al otro no lo está pero sigue existiendo, aunque ya no como él sino a modo de un cuerpo que se ha tirado al tren, que pone sobre la mesa cuestiones de responsabilidad y culpa.

¿Lanzó Harris el cuerpo de otro al tren?

Si fuera capaz, lo culparía a él, pero solo puedo identificarlo con el cuerpo, no con el que tiró el cuerpo.

Llegábamos tarde a un concierto cuando nos plantamos en un andén de metro abarrotado; «Un andén repleto de gente... justo lo que quería ver», dijo Harris.

Desde entonces, cada vez que me veo en medio de un andén abarrotado, recuerdo lo que dijo y me siento bien. El tren no tardará en llegar y, pese a todo, siempre me alegro en un andén abarrotado.

Ojalá pudiese hacer como si el último minuto de vida de Harris no lo hubiese chafado el miedo. ¿No se supone que la mente distorsiona los recuerdos en formas más llevaderas, que contamina la memoria con recuerdos falsos que preferimos a los reales?

Esto es lo que yo intento recordar en lugar de lo ocurrido: «Llega un tren y mi amigo va dentro. Me saluda con la mano. Yo esbozo una gran sonrisa en el andén. La gente nos mira y se pregunta si deberían recordarlo. Y ese tren se lo lleva para siempre».

En la misa recordatorio a los tres meses del funeral de Harris, su última amante lucía hermosa y serena, y me pasé todo el rato pensando que para ella era más fácil porque solo lo había conocido unos meses, menos de un año.

Mantuvo las distancias conmigo y yo lo comprendí. Ella había sido la última en acostarse con Harris; al menos le quedaba eso. Tal vez no quería ver amenazada esa última intimidad por alguien que había conocido a su amante diez veces más tiempo que ella. Yo tampoco quería que ella amenazase mi intimidad.

«¿Cómo puede estar amenazada la intimidad? No es un recurso limitado, como el oro o el carbón», me reprendió un conocido. Pero claro que lo es, y me perdí todo el último año de intimidad con mi amigo, y ahora ya no queda nada.

Cogí un puñado de tierra de la pala y lo dejé caer sobre el ataúd. Me alegra recordar el sonido.

Una católica me preguntó por todas las expresiones de rabia, los gritos y los sollozos que hubo en el funeral de Harris, pues nunca había visto nada parecido. «Es porque para los judíos la muerte es real», le dije, al tiempo que lo comprendía yo misma por primera vez, la razón por la que prefería los funerales judíos a los católicos, donde nos cuentan que el Cielo está esperándonos alegremente con todas sus luces encendidas.

A la semana del funeral, la hermana de Harris recogió las cosas de su piso. Los dos amigos más antiguos de este la acompañaron, pero no así sus padres; me dijeron que fuese a ayudar a ver qué hacían con las cosas de Harris, a llevarme lo que quisiera como recuerdo –muebles, libros, lo que fuera que hubiese–, pero no pude... no quise ir.

No quería nada que me recordase a Harris, no quería ver su pelo en el baño del suelo ni oler el aliento atrapado entre las colchas, ni ver qué libros se había leído o qué comida había dejado en la nevera. No quería saber nada de eso; acababa de volver de pasar un año fuera, y todavía no había visto a Harris, y quería aferrarme a esa palabra: «todavía».

Yo le había ayudado a mudarse a esa casa hacía un par de años. Intenté convencerlo para que no se le ocurriera meter allí el enorme ropero de roble de su abuela, de que con el armario empotrado y el vestidor tendría de sobra, pero no me hizo ni caso. Aquel armatoste parecía un ataúd.

Los amigos más antiguos bajaron la basura a la calle, metieron el ropero en una camioneta y cogieron los sujetalibros, las tazas de té y el juego de salero y pimentero de Harris.

Había una cosa que no me habría importado tener, una revista de literatura que le había firmado y regalado a Harris porque aparecía un poema que había escrito para él, sobre él. Uno de los versos dice: «Winnie, estoy escribiendo esto en nombre de mi amigo Harris. Te quiere y quiere que lo quieras». La hermana de Harris me dijo que le parecía bien que yo me quedase con la revista pero, cuando a los meses le pregunté por ella, me contestó que había decidido quedársela, y comprendí entonces que yo no la necesitaba.

Uno de los hombres que ayudó a recoger el piso de Harris —un amigo mejor y más valiente— me contó que alguien se había colado en el piso unas semanas antes, estando Harris todavía con vida.

«No es que estuviese sucio, pero…»

Había huellas dactilares como en tinta gris oscuro salpicando la blanca superficie laminada de un aparador. Harris no había limpiado el desbarajuste del trabajo forense. La Policía había intentado encontrar los restos de una historia que nadie había estado allí para ver, y las huellas de aquel intento por revelarla habían sobrevivido a la propia historia.

«Fue estimulante: éramos un equipo y teníamos una misión.»

Había instrumentos musicales: acordeones, violines, mandolinas, incluso la guitarra eléctrica que él mismo se había construido. Había tornillos, tuercas, clavos, rollos de papel de cocina.

«Con la cantidad de rollos que tenía… no estaba planeando morirse.»

Había tres aspiradoras.

«Me llevé una. Ahora es la Aspiradora Conmemorativa Harris J. Wulfson.»

¿Estaba hecha la cama?

«Creo que su cama sí estaba hecha.»

A él fue a la primera persona a la que vi leer el periódico en el portátil metido en la cama.

«No parábamos de bajar cosas a la calle y la gente se las llevaba al momento. Fuimos a su trabajo y pedimos hablar con alguien de Recursos Humanos, y cuando le dijimos al hombre que Harris había muerto, se puso a llorar.»

A los tres meses del funeral de Harris, no fui al concierto homenaje que prepararon otros amigos suyos porque no tenía intención alguna de seguir sin Harris. Los demás podían llorar su muerte, obedientemente, que yo no pensaba participar.

Estoy criando al hijo mimado e irracional de la muerte de Harris. Se esconde y luego aparece y demanda toda mi atención y mis energías. Limito su alcance: cuando esté dando clase, no pensaré en él; cuando corra, no pensaré en él; cuando esté con otra gente, no pensaré en él. Pero después va y me sorprende y me tengo que ir a casa y estar con él, atenderlo.

Cuido bien de la pequeña muerte en pañales. Está aprendiendo a comportarse.

«No creo que pueda vivir sin Harris», le digo.

«Te sorprendería ver lo mucho sin lo que podrías vivir», me dice.

En algún momento dejé de creer que Harris murió cuando el tren tocó su cuerpo y empecé a creer que murió cuando salió por la puerta sin cerrar de la planta de Psiquiatría, como si su vida hubiese terminado al fondo del umbral, como si las diez últimas horas de su vida nunca hubiesen ocurrido…, aunque no fuese así.

Caminó o corrió o se sentó o se quedó de pie o comió o habló o tocó algo o a alguien. Caminó o corrió o se montó en un coche o un tren para ir de Manhattan al Bronx durante diez horas, en las cuales podía haberse encontrado con alguien que lo salvara, alguien que lo hubiese devuelto al otro lado de la puerta, pero no fue así.

En diez horas puedes echar una jornada de trabajo, almorzar y volver a casa. En diez horas Júpiter y Saturno dan aproximadamente una vuelta sobre su eje. Diez horas son lo que se tarda en autobús de Nueva York a Pittsburgh. Diez horas son lo que se tarda en avión de Los Ángeles a Londres.

Las diez horas en blanco podrían dar para una buena historia, si me gustase inventarme historias, cosa que no es el caso. Procuro no inventarme nada, aunque nunca lo consigo.

Durante el primer año me dije que esperaría a asimilar del todo su desaparición, que quizá tuviera que esperar diez años. Ahora no han pasado ni dos años y ya me gustaría haber empezado a escribir hace diez; haber preparado, haber anotado las cosas que nos decíamos el uno al otro.

Cuando estaba componiendo mi panegírico, solo me venían a la cabeza un puñado de cosas, entre ellas, el diálogo de una película que nos decíamos el uno al otro cuando pasábamos por alguna mala experiencia amorosa. Uno le preguntaba al otro: «Ustedes parecen una pareja feliz..., ¿cómo lo explican?». Y entonces uno recitaba el parlamento de la mujer: «Es que... soy poco profunda y algo vacía y no tengo ideas ni cosas interesantes que decir», y entonces el otro hacía del otro de la pareja: «Y yo soy exactamente igual».[21]

Cuando recité esas frases en el panegírico, todo el mundo rio.

Según las estadísticas, la tasa de suicidios aumenta hasta que la gente llega a mitad de los cuarenta, y luego se reduce hasta que la gente se planta en mitad de los ochenta.[22] Tal vez sea la idea de la edad «media» en inglés lo que lleva a la gente a matarse: «Si esto es solo la mitad...», piensa uno de cuarenta y dos años.

«Si esto es todo...», piensa alguien de ochenta y cuatro.

Cuando una poeta pone fin a sus días, los morbosos se dedican a mandarse versos de los poemas de la muerta durante todo el día. Todo el mundo quiere encontrar la afirmación más profética, la sentencia más asertiva de que siempre había pensado hacerlo, de que nunca se podría haber evitado. O tal vez queramos encontrar una pista en la que deberíamos habernos fijado, puesto que había estado delante de nuestras narices todo el tiempo, en sus poemas, que deberíamos haber sabido salvarla, que ella quiso que la rescatásemos.

Me acuerdo de haber cogido un tren con ella desde Manhattan, haber comido con ella, haberla escuchado y haber percibido su nube de pelo ensortijado como una extensión de su intrincado flujo de pensamiento. Estuvimos en una clase llena de estudiantes de posgrado y leímos fragmentos de nuestros libros, respondimos a algunas preguntas y luego cada una se fue a su casa por su cuenta. No he pensado en ella en siete años pero me paso el día en internet buscando los versos que la gente ha sacado de sus libros. Me paso el día leyendo sus poemas.

En uno de ellos escribió: «¿Cuántos dolientes pueden caber en un salón?/ Háganles sitio a todos.»[23]

Leo las páginas de necrológicas a diario para ver qué tipo de vidas se nos ofrecen, para ver una vida entera comprimida en unos cuantos centímetros de columna, para que me entre por el ojo toda la historia de una vez.

He dicho que me interesa la vida, pero en realidad quiero jugar a un jueguecito con la Muerte. Quiero tumbarme a su lado y oler su aliento infesto.

Una vez que me inmovilice con sus brazos podridos y sus rodillas supurantes, el hueso gris asomándole por la articulación, quiero despertarme a solas, con los ojos amoratados y su pelo entre mis dientes. Y entonces quiero susurrarle una historieta sobre él dentro de la habitación cerrada más segura del mundo.

En la iglesia de Santa María de la Piazza del Popolo de Roma hay dos cuadros de Caravaggio. El que representa la conversión de San Pablo se terminó en 1601, el mismo año que Shakespeare acabó de escribir *Hamlet*.

Se me antoja una coincidencia peculiar hasta que pienso en todas las demás cosas de 1601 que ya no existen, toda la gente que pisó las piedras de la *piazza* antes que yo –y la siento saliendo por ella, los cuatrocientos años de golpe– y que ya no existe. Todos los mozos guapos y muchachas hermosas que solo dejaron sangre a su paso, la sangre de su sangre, de la que solo queda la sangre de su sangre, y así sucesivamente.

En la página de mi diario del día que conocí a mi marido pone: «Gané al alto en la piscina».

Al día siguiente: «Ríe con ganas las cosas que le cuento y maldice cuando pierde en la piscina (hoy el doble de veces que ayer)».

Al otro: «Me gusta la gente que posee o bien un profundo dominio o una profunda empatía, aunque no tanto como la gente que posee ambas cosas».

Al cabo de tres semanas, sin saber nada de esto, un antiguo amor me escribió una carta para pedirme que me casara con él, y comprendí entonces que ya estaba casada.

Como todos los oriundos de Hawái, donde los fantasmas son parte integral del entorno, mi marido conoce gente que ha visto alguno, y sabe que a los fantasmas los preceden en el camino los perros fantasma, y que si ves los perros o sientes que se acercan, tienes que apartar la vista, porque los vivos no deben ver a los fantasmas.

Harris estuvo muy cerca de mí unos dos meses después de casarme. Yo no lo veía pero él estaba ahí. Para entonces llevaba ya un año muerto; y luego un buen día ya no estaba.

Ya no estaba, aunque en Texas, donde había ido por trabajo, mi marido se despertó en plena noche y se encontró con un fantasma: un hombre con un sombrero de ala ancha en una esquina de la habitación. Pese a que tengo mis reservas sobre los fantasmas que, según cuentan, se aparecen bajo forma humana, pensé que debió de ser Harris, que había ido a Texas para cuidar por mí a mi marido, para que estuviese a salvo y le recordase que me fuese fiel.

Aunque repasé el archivo fotográfico que habían reunido sus amigos, no encontré ninguna instantánea de Harris con un sombrero de ala ancha. Lo que sí encontré fue una fotografía mía en la que estaba poniéndole por delante una tarta de merengue en la noche de su vigésimo cumpleaños. Harris se esmera en soplar todas las velas. No lo recuerdo, podría buenamente haberle pasado a cualquier otra persona.

En un principio creía que una muerte era algo de por sí, un objeto diferenciado en el mundo, un trozo de tiempo y espacio.

Cuando le pregunté a un corredor de élite por qué le dio por correr larga distancia, me dijo: «Formaba parte de un plan mayor».

En un principio creía que un matrimonio era algo de por sí, un objeto diferenciado en el mundo.

Mi marido y yo invitamos a seis amigos a nuestra ceremonia en los juzgados. Cuando terminó, nos fuimos los dos a la playa a pasar una semana. Una vez en la cabaña a la orilla del mar, procuramos no hacer otra cosa que estar casados, pero al tercer día ambos estábamos lamentándonos por tener que dejar de lado nuestro trabajo por culpa de ese ritual de la luna de miel.

Al cuarto día en la cabaña declaramos que la semana sería una luna de miel laboral y nos pasamos el resto del día yo escribiendo frases y él haciendo dibujos, juntos pero en silencio, con el mar como telón de fondo. La cabaña estaba tan perdida que los ciervos pasaban al lado, rechinando las pezuñas sobre los guijarros, y de entre las zarzas aparecían conejos y topos.

Por la noche comíamos pescado fresco, dábamos un paseo por la playa y nos contábamos el día el uno al otro.

A las tres semanas de pronunciar nuestros votos lo celebramos en un pequeño restaurante al lado de casa. Vinieron amigos de fuera de la ciudad. Cuando terminamos, me puse unos zapatos planos y fui andando a casa con mi marido.

Unas semanas o unos meses después de la celebración, al no haber encontrado una respuesta adecuada entre los vivos, le pregunté a Harris si debía cambiarme el apellido. Llevaba muerto un año. «Todavía no», me respondió.

El poema que le escribí a Harris es un alegato disuasorio para una mujer de la que estaba enamorado. Es un poema sobre las cosas que le preocupan a los jóvenes: enamorarse, conseguir a la chica que te gusta, empezar algo.

Cuando la gente deja de ser joven, se preocupa por otras cosas, como por mantener el amor o por si, de aquí a un tiempo largo, las cosas seguirán igual o cambiarán, y por si el ser querido seguirá igual o cambiará; o quizá, en realidad, lo que hace que dejen de ser jóvenes sea que comienzan a preocuparse más por esas cosas que por empezar algo.

El matrimonio me ayudó a olvidarme de mi potencial, a aprender a prestar atención al momento presente. En nuestro primer año juntos, después de cada discusión, mi marido y yo nos parábamos a examinar y especular sobre las relaciones de gente conocida, describiéndonos con amor el uno al otro las muchas imperfecciones de los demás. Ahora casi somos capaces de ver las nuestras.

Justo al año del funeral de Harris, en las vías del tren elevado, un convoy que no era el nuestro chilló como un homicida al pasar y no se detuvo. Yo me quedé esperando en la vía exterior al tren que no era directo, con ganas de llorar, y mi marido a mi lado. El tren que habría de llevarnos a la ceremonia del descubrimiento de la lápida, llegaba con cinco minutos, quince minutos, veinticinco minutos de retraso.

Me notaba muy firme y quieta, en mi único traje negro, como confiando en mi postura para no perder el temple. Después me acordé de que iba camino de la ceremonia de Harris y bajé las escaleras entre llantos y paré un taxi. Fuimos hasta Long Island y pagamos ochenta dólares de taxi cuando llegamos al cementerio judío donde el cuerpo de mi amigo llevaba un año desintegrándose.

Lo que me parece más interesante del asunto es que el tren por supuesto paró a su hora, pero yo creía tan ciegamente en lo que ponía en el horario impreso, que estaba equivocado, que no lo vi pararse, ni por un momento se me pasó por la cabeza la posibilidad de que era yo la que no estaba donde debía.

Regresamos al trozo de tierra justo por encima de donde está enterrado el cuerpo de Harris. La lápida de granito estaba cubierta por una banda de lino blanco que tapaba parcialmente el nombre.

No hay solo un descubrimiento. Todo momento es el descubrimiento del momento precedente. Quizá deberíamos no darle importancia a lo cubierto, ignorarlo como ignoramos el aire, el polvo y el paso del tiempo.

La lápida de granito refulgía bajo la luz del sol. Nos pusimos en corro alrededor. La abuela se sentó en una silla plegable. Ese año había cumplido noventa y uno.

El rabino habló, suspiró, utilizó toda su paleta de voces. Sabíamos que Harris estaba muerto, llevábamos un año sabiéndolo. Después el rabino quitó la banda y lo volvió real para nosotros y se lo agradecimos. Yo lloré diligentemente.

Cuando acabó la ceremonia, la abuela me cogió de la mano y me dijo: «Tenemos que superarlo. Es nuestra obligación». Al oírlas se me antojaron unas palabras trilladas, pero, como me interesa saber cómo la gente llega a los noventa y un años, se me quedaron grabadas. Es posible que sean de suma importancia.

Esa noche, después de la ceremonia de la lápida, puse la tele.

El protagonista está ante el escritorio, en el siglo XVIII, oye que llaman a la puerta y va a abrir. Se encuentra a un hombre con el pelo lleno de polvo y sangre en la cara. Se ha producido un tremendo impacto entre su cuerpo y algo, y yo, al ver a aquel hombre vapuleado, pensé que era Harris.

Mi amigo muerto estaba en la pantalla, disfrazado para que pareciera que lo habían vapuleado. Grité y apagué el televisor. No podía soportar ni tan siquiera la insinuación de que hubiese sobrevivido al impacto del tren. De hecho no soportaba ni pensar que alguna vez había estado vivo, que alguna vez no estuvo muerto. Por lo que a mi mente respectaba, en cualquier punto posible del tiempo, mi amigo era un muerto.

Sigo viendo a Harris por todas partes.

Sé que no es él, pero cuando veo a alguien que se le parece, me quedo mirándolo fijamente, intentando asimilar toda la información posible, a sabiendas de que en un momento dejará de ser Harris, que se dará la vuelta y será otra persona.

Cuando encuentro un doble de Harris siempre pienso en Roy, el gato de mi amigo, al que le encantaba jugar con el puntero láser. Mi amigo solía tenderme el cacharro y decirme «sabe que es de mentira pero aun así le encanta», y yo me ponía a pasear el puntito rosa por la alfombra, el suelo, la parte vertical del sofá, y allá que iba Roy a pegarle un zarpazo, a intentar atraparlo con su blanda patita naranja.

No me contéis la gran variedad de costumbres de duelo del mundo entero desde el principio de los tiempos hasta nuestros días: no quiero saber nada de costumbres. No me importa cómo interpretan los demás la opereta de su desmoronamiento.

Quiero saber sobre mi duelo en concreto, que es insondable, como el de todos.

Conocí a una mujer que se pasó años llorando la muerte de un amigo. Tiró toda su ropa y se vistió de riguroso negro, y luego tiró toda su ropa negra y se vistió de riguroso blanco. Daba un rodeo enorme para no pasar nunca por un restaurante donde había comido varias veces con su amigo. Dejó de comer ciertas comidas, e iba todos los domingos a la iglesia, donde rezaba oraciones secretas pero nunca comulgaba; en suma, dedicaba las horas y los días a su duelo. Desde mi atalaya privilegiada, se me antojaba un juego de niños, ese sueño caprichoso de tener un objetivo y sentirse útil.

El sentimiento del amor no es para el que es querido, sino para el que quiere. Cuando la gente me dice que les quita el sentido el amor que sienten, no me importa. Ese sentimiento es para ellos. Lo único que cuenta es cómo se comportan con el ser querido. Solo el comportamiento demuestra que el amor es amor.

Por eso me avergüenza mi duelo.

Durante el primer año mi tarea se centró en consolar a la familia y los amigos de Harris, en consolarme y cuidarme a mí misma para poder ayudar a los demás. El *shiva* es una responsabilidad social. Pero este duelo mío, una vez pasado el *shiva*, no es para los padres, que deben aprender de nuevo a cuidarse entre ellos en lugar de a su hijo muerto, ni tampoco es para Harris: mi duelo es para mí.

En ocasiones intento creer que en el año que pasé fuera Harris se fue desvaneciendo poco a poco, que logró más sabiduría, abandonar triunfante esta vida, y que me perdí todo ese proceso de un año: ese en que se le ralentizaron los pasos y la cara se le quedó chupada, en que empezó a dormir más, en que subió la dosis de morfina, etcétera.

La muerte se me ha presentado en muchísimas ocasiones, en películas, fotografías, en la escritura y en la vida, y siempre de la misma forma: ese desvanecimiento paulatino de una persona en una cama, envuelta de blanco en un apagarse lento, limpio y elegante.

A Harris no le pasó nada de eso. Tuvo una experiencia inescrutable para todos menos para él, una «crisis», y luego volvió a estar bien, y luego tuvo otra crisis, y luego estuvo bien otra vez, y luego tuvo otra, durante la cual le pasó algo y murió.

A todos los que han sufrido brotes se los cuida a partir de entonces como si estuviesen a punto de tener otro. Si fuera capaz de hacer algo más que observar y registrar, inventaría un protocolo de mantenimiento para la gente que padece trastornos psicóticos episódicos. Inventaría unas instrucciones muy sencillas que todos en el mundo entero deberían aprenderse: «Párate, échate al suelo y rueda. Mete el puño bajo el esternón. Tapa la nariz y echa el aire en la boca»... Y a partir de entonces las personas susceptibles de padecer brotes psicóticos estarían más seguras.

El protocolo para quienes padecen de psicosis aguda, como Harris cuando lo internaron por tercera vez, es encerrarlos y vigilarlos.

Mi amigo no murió de un tumor desconocido. Murió porque alguien le abrió la puerta de un edificio. Me imagino diciéndoselo.

«Vamos, Sarah...», me habría respondido él.

Cuando me mudé con mi marido de Nueva York a Los Ángeles, lo desempaqueté todo de un tirón. No me gusta viajar, me gusta estar en mi casa. Lo que más me gusta es deshacer las maletas.

Entre la cinta y el cartón de una de las cajas me encontré una alianza de hombre, un anillo de plata con una inscripción. No lo había visto en mi vida. Tenía que ser de uno de los que habían metido y sacado las cajas del camión, de modo que le escribí a la empresa de mudanzas y les mandé una fotografía del anillo, dando por hecho que estaría buscándolo alguien.

No recibí respuesta. Llamé. Averigüé el nombre de quien se había encargado de empaquetarlo todo. Le dejé un mensaje. Nadie me devolvió la llamada ni respondió a mis cartas. Dejé el anillo enterrado en un cuenco con conchas para no tener que verlo. Seguro que a mi marido ya se le ha olvidado.

Estoy en fase de negación no de haberme mudado de Los Ángeles sino de haberme ido de Nueva York. De algún modo u otro mi cabeza me ha convencido de que ahora viviré en los dos sitios, con todos mis amigos y nada distinto, aunque con unas cuantas cosas más, como palmeras, rondas de circunvalación y sol.

No estoy negando que Harris esté muerto sino que no esté vivo.

El valor de la vida de un soltero en el estado de Nueva York es de unos cuantos cientos de miles de dólares.

La hermana de Harris me comentó que se negaría a involucrarse en cualquier tipo de procedimiento legal, en caso de que se iniciase alguno.

Los padres de Harris me dieron permiso para escribir este libro y dedicarle un banco en el Prospect Park. Después de que pusieran la placa en el banco y de que el primer grupo de amigos de Harris fuese a verlo, uno me dijo que lo habían puesto a seis metros de donde en teoría debía estar.

Lo cogieron entre cinco y lo pusieron junto al árbol correcto.

En recuerdo de Harris J. Wulfson
1974-2008
Compositor, músico y amigo que amaba este parque

«Ha sido como coger un ataúd», me dijo.

Cuando estoy a solas en la bañera hablo con Harris. Lo tranquilizo y le pregunto con toda la calma del mundo: «¿No se te está yendo un poco?».

Me imagino que estoy sentada con él en la lavandería el domingo por la noche justo antes de que su tía lo llevase al hospital aquella última vez. En las noches de domingo las ropas dan vueltas en la gran máquina. Harris suspira y –¿veis la luz de esa bombillita tenue?– se queda con la cabeza gacha. Le cojo de la mano. «¿Quieres que te lleve ya al hospital?» En ese momento no está paranoico, tampoco violento ni confundido. Confía en mí.

Intento pasar tiempo con los amigos que teníamos en común y que siguen vivos con la esperanza de que eso me haga añorarlo menos.

O la mente o la voluntad de Harris fue lo que lo lanzó al tren. Yo creo que fue su mente enferma, que se había apoderado momentáneamente de su voluntad, lo que coordinó su lanzamiento del presente al pasado.

¡Adelante a la vía, atrás al pasado! Pensad en ese sencillo cálculo aritmético. Aunque pueda parecer un hallazgo, una vez más he de decir que no he descubierto nada más allá de mi propia inteligencia.

La hermana de Harris escribe:

Sé realmente poco sobre el día que Harris se fue del hospital. Intenté hablar con él por teléfono en cuanto me enteré de que se había ido. Pero en Psiquiatría tienen un teléfono que suena y suena hasta que a uno de los pacientes le da por cogerlo, y solo a veces, con suerte, consigue encontrar a la persona por la que preguntas. El caso es que nadie contestó al puñetero teléfono. Y no tenía el número del puesto de enfermeras. Seguí llamando hasta que me enteré de que se había largado.

Por lo que sé, se quitó la pulsera de identificación y llevaba puesta ropa de calle. Aunque no tenía ni móvil, ni llaves ni nada, se ve que debía de tener unos cuantos dólares en el bolsillo y engatusó a quien sea para que lo dejaran salir.

También me acuerdo de que aquel día hubo una de las peores tormentas del año. Harris vagó bajo la lluvia unas diez horas antes de acabar en la estación de Riverdale. Yo creo que fue andando hasta allí a pesar de tener dinero para el cercanías. No llevaba encima el abono de transportes (al menos que yo recuerde). Y, además, en Riverdale no hay parada de metro.

Solo puedo elucubrar sobre qué estuvo pensando en esas diez horas. Si hubiese salido ya con la intención de matarse, habría tenido muchísimo tiempo y muchísimas otras oportunidades antes de eso. Pero se tiró a un tren en un andén exterior, una noche en medio de un horrible temporal. A saber qué malas pasadas estaría jugándole la mente…

Por eso creo que fue un *dibuk* lo que mató a Harris.

En el folclore judío los *dibuks* son espíritus malignos que poseen a la gente, las almas desubicadas de los muertos. Se cuenta que escapan del infierno, o que no les han dejado entrar por pecados tan serios como el suicidio; a las almas de los suicidas se les niega la entrada.

En una traducción aproximada del hebreo, *dibuk* significa 'adhesión'. A un alma que no ha podido cumplir su cometido en esta vida se le da otra oportunidad para hacerlo bajo la forma de *dibuk*. Al parecer, abandona el cuerpo anfitrión en cuanto cumple su objetivo.

Harris pasó un tiempo por el este de Europa, viajando por su cuenta y conociendo músicos. No parece imposible que se encontrara con un *dibuk* durante sus viajes.

El músico con un talento sobrenatural es un tropo común: el compositor y virtuoso italiano Niccolò Paganini, por ejemplo, escribió música tan compleja que en el siglo XIX todo el mundo pensaba que había hecho un pacto con el Diablo, mientras que en Viena un espectador declaró haber visto cómo el mismísimo Diablo ayudaba al músico.

Harris era un prodigio: acordeón, violín, mandolina. Sabía tocar todo instrumento que cayese en sus manos. No sería impensable que hubiese atraído a un *dibuk* con su forma de tocar, o que un *dibuk* se le hubiese adherido porque quería tocar tan bien como mi amigo para cumplir su deseo; o puede que el *dibuk* no fuese más que el alma de un pecador que quería librarse del castigo de errar eternamente por la tierra y que solo intentaba morir, una y otra vez.

Poco más y no estoy aquí. Pensaba que eso me hacía rara, afortunada, especial. ¡Qué cerca estuve! Pienso en los años que pasé enferma, en las semanas en la unidad de cuidados intensivos, en el día que casi me enveneno a mí misma... casi, casi, casi...

Los recuerdos de ese puñado de momentos peligrosos son como piedras lisas en mi mano: siempre tienen el mismo tacto.

Cada vez que he ido a alguna parte he podido morir. Pero ahí estaba, en un coche, en un avión, burlando la muerte. Toda persona viva de la Tierra está aquí, burlando la muerte a cada minuto. Somos todas iguales.

El padre de Harris fue uno de los muchos médicos que se desplazaron desde sus ciudades dormitorio a Manhattan el día de los atentados y los días que siguieron, que se quedaron esperando en los hospitales para tratar a los miles de heridos. Había cientos de médicos aguardando en los pasillos. Todo el mundo donó sangre también. Sentaba tan bien ayudar a los muertos que no iban a llegar.

Recuerdo el aliento fuerte de Harris cuando nos encontrábamos en el andén de la línea L de la avenida Bedford todas las mañanas. Cogíamos el metro juntos hasta Union Square y luego yo me iba hacia el norte y él hacia el centro, a nuestros respectivos trabajos.

En un día caluroso en el andén de la línea F de la Sexta Avenida, le comenté que la estación llevaba oliendo a meado, ininterrumpidamente, desde 1999. Harris sonrió y me dijo: «En realidad huele así desde 1998, y te lo digo yo porque fue cuando empecé a mear aquí».

Nos pasamos años imitando al dueño alemán de la tienda donde se compró una mandolina antigua: «Piénsatelo *severamente*».

Nos cachondeábamos de los proyectos artísticos pretenciosos. Harris hacía un numerito sobre un cuenco antiguo:

«Hago reproducciones de instrumentos antiguos de civilizaciones perdidas que nunca existieron. Este cuenco se utiliza para servir arroz, pero cuando está vacío se emplea para convocar a la gente a funerales»...

En diez años jamás le oí decir nada desagradable sobre una mujer.

Cuando nuestro marco de referencia se amplió más allá de lo que habíamos aprendido en nuestras costosas facultades, a Harris le dio por decir, sonriendo y sin necesidad de explicar la ironía: «Con el tiempo dejé de llevar la cuenta de lo imbécil que estaba volviéndome».

Un año le dio por mandar crismas con un dibujo a lápiz de Santa Claus y una leyenda por debajo: «Ya viene... ¡La hora del Mesías ha llegado!».

Una de mis alumnas dice: «En las Escrituras la gente podía acudir directamente a Jesús, pero con la oración hay que perseverar». Aunque tiene laringitis, sonríe durante toda la semana, tan segura como está de su salvador: cree en una fuerza exterior a ella que la guía.

Mi vida se me antoja ridícula comparada con la de ella: nadie cuida de mí, nadie me vela en el sueño. Pero mi alumna cree en algo que no es ella y que no quiere que sufra; no cree que haya excusa alguna para no amar a todo el mundo, a imagen y semejanza de esa cosa externa a la que llama Cristo.

En esas circunstancias, ¿qué sensación produce el duelo?

Cuando le pregunto a mi marido por séptima vez en siete días por un documento compulsado y me dice que tiene el maletín en el otro cuarto y que me lo da en cuanto termine de leer un artículo satírico insustancial en la minipantalla de su móvil; y cuando me levanto y voy al otro cuarto a por el maletín para encontrarme con que en realidad lo tiene en el respaldo de la silla donde está sentado, por un momento pienso que mi vida tampoco se habría visto muy truncada si me hubiese casado con otra persona... si me hubiese casado con Harris, habría sido siempre feliz y él estaría vivo.

Cuando mi psiquiatra me preguntó «Sé que no te los tomas todos los días, así que ¿qué quieres que ponga en la receta?», yo le respondí: «Ponga solo "Por favor, denle a Sarah todos los ansiolíticos que quiera" y fírmelo».

Hubo una época en que pensé que encontraría cierto consuelo si hablaba con un médium. Tenía que saber si Harris estaba intentando comunicarse conmigo y si debía prepararme de alguna manera para escucharlo.

Se lo conté a mi marido, que conoce mi vida hasta sus profundidades, o eso pensaba yo; incluso ahora solo me lleva conociendo la mitad del tiempo de lo que me conoció Harris.

Cuando le dije a mi marido que quería hablar con un médium, me acusó de haberme vuelto una blanda y una tonta, me tachó de débil y de enferma. Me entra jaqueca solo de pensar en lo joven que me pareció él en aquel momento y en lo vieja que me sentí yo.

Entre sollozos le dije: «Quiero hablar con Harris». Cuanto más triste me sentía yo, más enfadado parecía él.

Cuando llevaba un año muerto, apareció en mi buzón la partitura de la música que le puso Harris a mi poema «Infierno». Lo habían encontrado sus amigos del conservatorio mientras recogían sus cosas y me lo habían mandado sin más explicación, como dando por hecho que yo estaba esperándolo. Aunque no tenía ni idea de su existencia, no cabía duda de que había estado esperándolo tanto como cualquier otra señal de que Harris todavía quería hablar conmigo, pues mi amigo no había dejado ninguna nota.

Cuando le pregunté a mi madre en qué pensaba cuando se casó, me contó que pensó: «Bueno, ya saldré de esta también». Este año mis padres celebran sus bodas de zafiro.

Me quita el sentido la sola idea de que llegará el día en que mi marido me lleve conociendo once años, y no diez, y por tanto más de lo que me conoció Harris.

En 1999, estando en Iowa, me levanté un día con náuseas y me tomé una dosis de proclorperazina, un antiemético bastante eficaz; es a su vez un antipsicótico, tan potente como el haloperidol, el fármaco que fue durante décadas el patrón oro. Al parecer este inhibidor de la dopamina sirve tanto para las náuseas como para la locura.

Al cabo de unos minutos me sentí algo mejor y fui a tomarme algo en el bar del supermercado que había en la esquina de mi calle. Había tomado muchas veces proclorperazina sin ningún problema pero ese día, después de sentarme e intentar tomarme un agua con gas Green River y comerme un sándwich de queso de 90 centavos, mientras estaba en el taburete me entró una necesidad abrumadora de mover todos los músculos del cuerpo a la vez, sin parar, para combatir la sensación que tenía, la de mi cuerpo despertándose después de haber estado mucho tiempo dormido.

Me refiero a «dormido» igual que cuando se te duerme un pie por la presión en la trayectoria de un nervio o de arterias que llevan sangre a células nerviosas locales. Cuando se libera la presión, se reajustan los impulsos nerviosos y el pie empieza a despertarse, con la típica sensación de hormigueo. Hasta que el nervio vuelve a sincronizarse con el sistema nervioso central, el hormigueo deja paso a una sensación constante de quemazón –una medida de seguridad del cerebro para cuando no le funciona bien algún miembro–, y tienes que sacudir el pie para apagar el fuego. Es un instinto irresistible.

Pues imaginaos esa sensación pero por todo el cuerpo.

Con la acatisia sientes como si se te hubiese dormido el pie y empezara a despertarse, pero se te queda estancado en la fase de quemazón, en esa extraña y dolorosa sobreestimulación nerviosa. Y ahora imaginaos que, en lugar del pie dormido, tienes la sensación de que un *dibuk* te estuviese rascando con saña todo el cuerpo. Los que son testigo de tu suplicio no logran percibir la causa.

Los investigadores médicos afirman en sus artículos que la acatisia contribuye a actos impulsivos de violencia y de suicidio.[24] Según los informes de algunos casos clínicos, si llevas mucho tiempo teniendo esa sensación, eres capaz de tirarte por una ventana, colgarte, apuñalar a un amigo hasta la muerte o matar a tu madre con un martillo.

Recojo a continuación los informes de tres casos que se publicaron en revistas médicas estadounidenses del año 1985.

Caso 1: Un hombre con esquizofrenia crónica, que había desarrollado alucinaciones imperativas, recibió 2 inyecciones intramusculares de 5 mg de haloperidol en un periodo de treinta minutos; debido a la existencia de otra actividad en la sala de urgencias, se lo dejó a solas en una habitación para que se relajara.

Al cabo de una hora estaba extremadamente alterado y tenía ganas de «salir de su propia piel». Probó a dar vueltas por la habitación, pero luego se escapó de urgencias y se fue corriendo a su casa con la esperanza de que hablar con sus compañeros de piso le calmara esa agitación interior tan insoportable.

Al ver que aquello no le producía alivio alguno, subió a su piso en una tercera planta y saltó por la ventana; se fracturó la pierna y el brazo. Cuando una ambulancia lo llevó de vuelta al hospital, los síntomas de la acatisia eran ya reconocibles y le inyectaron una intravenosa de difenhidramina que enseguida le alivió la angustia. El paciente declaró que su intención no había sido morir pero que habría hecho cualquier cosa con tal de librarse de esa sensación insoportable que le había provocado el haloperidol. Desde aquel día ha atribuido categóricamente su intento de suicidio a esa agitación inaguantable.[25]

Caso 2: El psiquiatra que firmó su ingreso en el hospital escribió: «Sufre cierta paranoia pero afirma tener efectos secundarios por tomar demasiados tranquilizantes». Al tercer día de hospitalización, las enfermeras lo remitieron a Psiquiatría por sus dificultades para dormir. En las notas de estas no se recogió ningún indicio de agresividad o de comportamiento autolesivo durante ese día. El psiquiatra le recetó 5 mg de haloperidol tres veces al día.

En las notas de las enfermeras de ese día se lee: «Estaba muy angustiado por estar hospitalizado y amenazó con matarse si reunía el valor». A las 22:45 escribieron: «Durante este turno ha experimentado una grave regresión en todos los valores evaluables. Su higiene deja que desear». La primera vez que se negó a tomar la medicación fue a las 17:00 horas, cuando alegó que la fenotiazina le «liaba la cabeza». Acabó tomándosela pero dijo muy enfadado: «Ahora sí que me voy a volver loco». Se pasó media hora despotricando en voz alta y maldiciendo. Cuando volvió a tomarse la medicación a las 21:00 horas, empezó de nuevo, solo que con más fuerza y con más amenazas. «Os mataré a todos... antes de irme de aquí.»

Lo encontraron en su habitación a las 6:50 de la mañana: se había ahorcado con una sábana.[26]

Caso 3: A un hombre le dan 25 mg de haloperidol y le dejan irse del hospital porque tiene una cita psiquiátrica en un ambulatorio doce horas después de su internamiento.

En su informe el médico evaluador de guardia describió los síntomas que estaba desarrollando el paciente como rigidez de cuello, contoneo de brazos, inestabilidad en las piernas, necesidad de caminar y desorientación. En el informe de otro psiquiatra de oficio se afirma que el hombre tenía la sensación de que «se le estaba desmoronando el cuerpo, como si cada hueso del cuerpo se le estuviese rompiendo, sufría temblores y había padecido un ligero ataque». Describió en varias ocasiones que su esqueleto parecía desincronizado, con el cuello como torcido y dificultades para caminar. «Un periodo de pérdida de control, como si saltase desde una valla y se quedase suspendido en el aire», fue otra de sus descripciones. No había logrado dormir y afirmó que sentía la imperiosa necesidad de superar el que era para él el séptimo u octavo episodio de estos síntomas.

Al cabo de treinta y seis horas cogió un martillo del sótano, subió y golpeó a su madre por detrás en repetidas ocasiones, lo que causó la muerte de la mujer ese mismo día.[27]

A mis veinticinco años mis padres estaban agotados de intentar evitar que yo muriese, cosa que ya habían hecho toda mi vida. Lo habían conseguido, y con sobresaliente: seguía viva.

Yo quería morir, pero en casa no me dejaban, de modo que cuando me internaron, fui de buen grado porque pensé que allí me ayudarían, a pesar de ser consciente de la posibilidad de que solo pudieran ayudarme desde la teoría. Sabía de otra gente que había ingresado y había salido más o menos curada; y que cualquiera de los dos posibles resultados, la curación o la muerte, sería preferible a la manera en la que había estado viviendo.

La idea del suicidio es muy traicionera. Cuando se te presenta, parece decidida, como si ya estuviese hecha. Luego la visión remite y ves el resto de tu posible vida extendiéndose ante ti sin mácula alguna.

Si en esa tarde en la que fui a internarme *motu proprio* alguien me hubiese preguntado si había algo en mi vida que superase la sensación que me hacía ansiar la muerte, le habría contestado que no, porque era cierto, nada la superaba.

Es imposible calcular la cantidad de días buenos que le quedan a una persona con la clase de enfermedad que tenía Harris, por eso tal vez mi convencimiento de que le quedaban muchísimos días buenos sea infundado.

Los pacientes de Psiquiatría pueden ser muy astutos. Cuando estuve internada, lograron escapar dos personas en once días; ambas habían visto a escondidas la clave de la puerta y la habían memorizado. A la gente se le olvida que hay enfermos que quieren salir.

Siempre hay al menos dos personas en el mostrador de recepción, y tal vez alguien que sabe *jujitsu*, por si acaso. No lo sé seguro.

A la hora de administrar la medicación, se deja constancia escrita del número de pastillas que salen, se le dan al paciente y se vuelve a apuntar su ingesta; mientras el paciente se la toma, alguien vigila que se la haya metido en la boca, y luego se le da agua para que las trague, y luego el paciente abre la boca para que comprueben que se las ha tragado. Si se da el caso de que en los últimos días el paciente en cuestión se ha mostrado «poco colaborador» —el término médico para la tendencia a escupir las pastillas–, se le pasa un dedo bajo la lengua.

Pensad en la persona que le abrió la puerta a mi amigo muerto e imagináosla cerrándola tras él.

Sé que es probable que hubiese más de una persona en el puesto de la planta, que no solo hubiese una de turno cuando Harris se fue, pero a mí me viene muy bien centrar la atención en algún malvado ángel exterminador imaginario.

Querido ángel: siento que me han robado a pesar de que no ha habido robo alguno. Harris no me pertenecía, no pertenecía a nadie.

Me gustaría describirte esta sensación, ángel, pero cuánto más cerca estoy de hacerlo, más me resultan las palabras decepcionantes (en inglés *disappointed*, del francés *désappointer*, *deranger*, degradar), tristes (en inglés *sad*, del inglés medio *saed*, *sated*, del latín, *satis*, suficiente): palabras derivadas de otras más antiguas para describir estados de confusión o saciedad, y yo no me siento ni saciada ni confundida. El problema no es solo que mi amigo muriera sino que no soy capaz de describir el problema a partir de primeros principios. Todas las palabras que conozco han perdido su precisión con el paso del tiempo.

Cuando digo «mi amigo tuvo una muerte horrible», ya conocéis los sentimientos de rigor. El saber viene en un lote, como un ataúd con las asas bañadas en oro y borlas doradas a juego, algo que ningún judío practicante encargaría. (Con todo, imagino que habrá quien intente vendérselo a familias judías.)

Quiero apartar de mi mente cualquier expectación de cómo debería sentirme o actuar porque mi amigo ha tenido una muerte horrible, e intentar explicar lo que me ha pasado a mí en realidad (en el caso de que en realidad me haya pasado algo).

El problema de morir en privado es que el resto no vemos cómo pasa, y las cosas que pasan sin nosotros se nos antojan menos reales, no del todo completas, puede que hasta imposibles.

Si Harris hubiese muerto lentamente bajo una bonita colcha con encajes, de un algo en estado 4 o similar, y si hubiese ardido una luz amarilla en un rincón de la habitación mientras llorábamos en silencio, y si todos hubiésemos tenido la oportunidad de despedirnos o, de un modo u otro, hubiésemos conseguido narrar el final de la historia, quizá así me habría convencido de que Harris está mejor muerto, libre de sus tormentos.

Cuando un amigo tuyo se tira al tren, le dices al resto que los quieres, por si acaso todos se tiran al tren antes de que tengas la oportunidad de decírselo. A lo mejor ya se lo has dicho en otras ocasiones, pero se lo repites, por si acaso, como si estuvieses dándoles permiso para que se salten lo de la colcha de encaje y mueran como murió Harris realmente (como dando a entender que con lo de la colcha sería más fácil).

De vez en cuando mi mente me sitúa en un mediodía cálido, sentada a una mesa frente a Harris, que está bien, tranquilo e incluso un poco bronceado, como si hubiese estado de vacaciones.

Como somos viejos amigos que llevamos mucho tiempo sin vernos, siempre es agradable encontrarnos. Mi sueño pasa en una ciudad que no conozco y ambos estamos viajando solos. ¡Qué magnífica coincidencia! «¿Cómo te ha ido? —me pregunta—. Perdona por haberte perseguido como un fantasma. Espero no haberte dado mucha guerra.»

«¡Qué va, no es molestia! —le digo, tan sorprendida como conmovida—. Es una alegría volver a verte. En serio, no te preocupes por eso…»

A menudo se me olvida que soy una partícula de un proceso cósmico que nada tiene que ver con el deseo humano o la justicia. Olvido que el mundo es caos, y que es incorruptible.

A la semana de morir mi amigo escribí: «Entreviendo un nuevo nivel de no preocupación. ¿Qué podría pasar ahora que Harris ha muerto? ¿Qué hay que temer ya?».

Llegué a una cita que tenía en Manhattan y me encontré con toda la manzana acordonada. En medio de la calle había una limusina negra volcada de lado, un coche pequeño destrozado un poco más allá, una bolsa de viaje marrón, una chaqueta, un par de zapatos y, justo al lado, algo ensangrentado. La gente se agolpaba en la acera y repetía la letanía de lo que habían visto: ya se había convertido en mito.

No estoy enfadada con Harris por estar muerto.

No estoy enfadada con Victor. Incluso ahora, cuando recuerdo su mejor tatuaje —una pastilla y una pera blandiendo los puños y regañando a un cacahuete–, esbozo una sonrisa y siento que él me la devuelve.

No estoy enfadada con mi tía preferida. La quiero por haberse fugado con un gentil y haber abierto un bar con él, y haberse mudado al centro, y haberme mandado setenta y cinco dólares para una percha de pie cuando me mudé a aquel horrible cuchitril donde se oían disparos por las noches.

¡La de abrigos que ha aguantado en estos nueve años! Sigue conmigo en mi casa de Los Ángeles, aunque aquí no usamos tanto el abrigo como en Nueva York.

Una amiga lejana me escribe cuando se entera de que Harris ha muerto. «Acabo de enterarme de su fallecimiento y quería hacerte llegar mi pésame. Sé que para ti era como de la familia», me dice.

No puedo ni medir mi duelo ni mostrarle a nadie de qué color es; lo que sí puedo es ofrecer un testimonio que los demás pueden rechazar o aceptar ciegamente. Pero mi duelo será siempre el mío, y tan solo yo puedo percibirlo, de ahí que sea imperfecto. Y tal vez ya ni siquiera sea duelo; a lo mejor es envidia de la gente que no está de duelo, o vergüenza de que esté durándome tanto cuando Harris y yo ni siquiera éramos familia.

Hay padres buenos y malos, hijos buenos y malos, buenos y malos maridos, pero los grandes amigos son todos iguales; los elegimos y los conservamos. Solo estamos unidos a ellos por el amor.

Sé que no parece gran cosa cuando digo que se me ha muerto un amigo. No era ni mi padre, ni mi hijo ni mi marido.

«Hay amigos que son más que hermanos», dice un proverbio del Antiguo Testamento.

Nunca mantuvimos relaciones, aunque eso es irrelevante, por mucho que, si me pidieran que dijese qué es relevante y qué no, sería incapaz de decirlo.

He tenido relaciones sexuales con personas a las que no conocía, o a las que no seguí conociendo, o a las que conocí por encima, o a las que seguí conociendo y con las que seguí manteniendo relaciones, o a las que seguí conociendo y con las que dejé de mantener relaciones. No recuerdo a casi ninguna. Recuerdo arrumacos de un tipo u otro, algunas en la cama, otras no.

Me acuerdo menos del abrazo que de la faja que un hombre cosió para cubrirse la herida que tenía de una operación y que no nos aterrara abrazarnos. Me acuerdo de desenamorarme de un hombre en la misma medida que me prendaba de su hijo pequeño. Me acuerdo de que en invierno, en la cinta del gimnasio, si quien corría en la máquina de al lado y yo decidíamos tácitamente ir al mismo paso durante un par de kilómetros, sentía cierta intimidad.

Cuando hacen un reportaje de algún científico de fama mundial, siempre lo retratan en su laboratorio, echando líquido de una pipeta a una larga hilera de tubos de ensayo. A los veinte minutos de metraje, se lo ve sentado en una roca, delante del mar, o en medio del campo, escribiendo poesía en un cuaderno (y es que el científico de renombre mundial siempre es también poeta).

Con el tiempo me he concedido el título de científica, aunque no profesional, desde luego, solo como aficionada. Un médico, por ejemplo, puede escribir una novela en su tiempo libre con la misma facilidad que yo puedo trepanar un cráneo en mi tiempo libre: la diferencia es que una mala cirugía es un delito, mientras que un mal poema es simple y llanamente una afrenta moral.

Autoproclamarse escritor cuando no se es supone un insulto para quienes lo son, pero llamarse a uno mismo loco cuando no se está supone un insulto para los locos. Minimiza lo que han logrado ellos.

¿Para qué sirve el duelo?

Explicación mecanicista: «El dolor me hace centrar la atención en una herida o una afrenta y remite en cuanto la herida o la afrenta se curan o se neutralizan». El dolor por la pérdida de alguien remite si sustituyo lo que he perdido o si cambio de forma permanente para acomodar dicha pérdida.

Explicación evolucionista: «En el animal social el duelo es un subproducto del apego». El duelo por la pérdida me enseña a prevenir la pérdida potencial de mi progenie.

Explicación religiosa: «Dios, el ingeniero de todo lo que ocurre, sabe lo que te conviene». La vida no es más que un reto al que he de enfrentarme antes del Cielo.

Explicación real: «El amor permanece». No hay más consuelo que valga.

Después de un estupendo día de playa con gente que no llegó a conocer a Harris, durante todo el camino de vuelta, iba pensando en, nada más abrir la puerta de casa, correr al ordenador y teclear las palabras «un estupendo día de playa» y registrar a continuación los acontecimientos del día.

Pero cuando llegué me encontré con una postal de los padres de Harris en el buzón: «Queridísima Sarah: [...] Hay muchísimas cosas que nunca entenderemos de la vida de nuestro hijo, pero si algo tenemos claro es que tú eras una de las personas más importantes de ella [...]».

Conocía a una mujer que trabaja en el Archivo Apostólico Vaticano y analiza las secuelas que dejan la luz, el calor, la humedad y el tiempo en las encuadernaciones de antiguos documentos de contabilidad y de leyes italianos. Es experta en la estructura, la fabricación, la autentificación de dichos documentos, así como en medidas para evitar que los alteren.

Para poder llevar a cabo su investigación tuvo que solicitar permiso a la Ciudad del Vaticano, que está custodiada por unos muchachos disfrazados de arlequín, en unos vivos colores naranja, amarillo y azul. Van con espadas y alabardas y se pasan el día apostados en las puertas, por las que apenas dejan pasar a nadie.

Esta mujer saca facsímiles de los documentos antes de que se deterioren para siempre. Hace más segura la realidad, aunque la escritura nunca es segura del todo. Escribir se hace en un momento concreto —el momento en que su realidad es menos cambiable— y después esa realidad suya se desvanece, va tendiendo a cero.

Nada de lo que percibo es real. Nada de lo que recuerdo es real. Antes era capaz de ignorar la luz brillante, la gran hoguera, de ese problema general. Aunque han desaparecido partes de la historia, han dejado una impronta tan fuerte que ahora casi distingo la silueta de lo que la hacía historia, la silueta de lo que solía existir.

Antes de quedarme dormida a menudo me veo en una fiesta imaginaria que dan en una casa muy grande. Encuentro la silueta de mi duelo, apoyada contra la jamba de la puerta y hablando con un conocido. Me estremezco al reconocerlo. Atravieso un umbral, subo unas escaleras o salgo a un porche. Mi mente sabe que no debe mirar a los ojos de mi duelo. Es una fiesta muy concurrida y es fácil esconderse.

Los primeros sueños fueron monstruosos, narrativas excesivas de contención y huida, de parajes exuberantes e insólitos países extranjeros. En una escena vi a Harris sentado frente a mí, pero dándome su espalda desnuda. Sabía que no debía espantar a su fantasma, de modo que alargué el brazo, sin mirar, y cogí una mano. Era suya. La apreté y entrelazamos los dedos. Sabía que estaba muerto. Sabía que era un sueño. Sabía que me levantaría contenta.

En el último que soñé, Harris estaba en el hospital y le suministraban un medicamento por vía intravenosa. No estaba ni muerto ni vivo. Supliqué para que me dejasen entrar a verlo y me permitieron pasar a la habitación. Tenía un cuerpo no humano. Le cogí de la mano izquierda, pero no había mano, sino un largo hueso de pollo sin carne. Le hablé: «Hache...». La cosa que era su cuerpo se removió y pareció comprender. En voz muy baja, al tiempo que dejaba resbalar el hueso de entre mis dedos, le dije adiós. Yo estaba totalmente presente en el sueño. Supe que podía dejarlo ir, que era el final.

Recuerdo la conmoción por la muerte de mi amigo Victor, hace siete años, como un fenómeno fisiológico. Me doblaba en dos y manifestaba mi negación a voz en grito: «No no no no no no», como un animal que solo sabe emitir un único sonido.

Unos años después un amigo de Victor me dijo: «No he llegado a superarlo. Cuando murió, me salió un sarpullido por todo el cuerpo y todavía lo tengo».

Harris lleva muerto tres años, pero yo estoy bastante bien: puedo irme de senderismo al monte, cuidar del jardín, dar clases, cocinar.

La madre de Harris me escribe: «Nos han contado que la mujer que le dejó salir se quedó tan traumatizada tras su muerte que no pudo volver al trabajo en varios meses». Ojalá pudiera centrar mi energía en odiar a esa mujer traumatizada, pero no me sale.

Hay algo que sí que me salió con la muerte y que no se me va: «duelo anticipatorio», el luto que se produce antes de una muerte o una pérdida concreta. Con «muerte o pérdida concreta» me refiero a cuando existe un diagnóstico terminal, aunque, desde luego, ya sabemos que toda muerte es concreta. Somos materia. Vivimos en materia. Incluso en el sistema de creencias más metafísico estamos conectados con nuestro cuerpo, que es materia, y que siempre muere.

Cuando Harris murió, decidí dedicar un tiempo a anticipar todas las muertes que no podía predecir. Me imaginé a mis padres muertos, a mi marido, a mis mejores amigos, a mis parientes, a todo aquel al que conocía, uno por uno. Empecé a llorar sus muertes con tiempo, con la idea de que, cuando ocurriesen de verdad, yo ya llevase la delantera.

Trabajo en cada muerte. Disfruto con mi entrenamiento metódico. Para cuando las muertes reales sucedan, ya las habré sobrevivido. No me afectará cuando me ataquen. La próxima vez ni siquiera necesitaré tranquilizantes. La próxima vez estaré preparada, lista para cualquier muerte.

Si os conozco, habéis muerto en mi imaginación. No puede ser bueno.

No paro de releer las páginas de mi diario de los días y semanas que siguieron a la muerte de Harris, como si fuese a encontrarme algo que no estaba allí la última vez que lo leí.

El día que mi amigo murió dejé el piso al que me había mudado hacía cuatro años. Hacía cuatro años había tenido que viajar hasta allí desde otro estado y Harris había ido por la mañana para abrirles a los de la mudanza antes de que yo llegase.

Podría escribir un bonito estudio simbólico sobre esta coincidencia, pero ahora creo que si analizo detenidamente cualquiera de estas dos cosas, surgirá una relación. Con todo, un piso no sustituye a otro, y este momento no sustituye al anterior. Lo sobrescribe. La pizarra es ya ilegible, con tantas palabras escritas encima de tantas otras.

Un año después de morir Harris recibí una carta:

Mi primo condujo por la Ruta 66 hasta Amboy (California) y detuvo el coche sobre las vías poco antes de que un tren de mercancías le pegara de costado y lo matase.

Era un artista con mucho talento y apreciaba mucho tu obra. Había preparado y ensayado su propia muerte, incluido el funeral, en el que yo he de leer y comentar tu poema «The Rider».

¿Podrías por favor enviarme un ejemplar de ese poema o decirme dónde puedo comprarlo en Canadá?

Un saludo,
V. L.
Edmonton (Canadá)

Las primeras personas que oyeron un fragmento de este libro leído en voz alta fueron un grupo de estudiantes en una iglesia de Connecticut. Cuando terminé, uno vino a decirme: «Me he percatado de lo de la fecha». Al día siguiente me di cuenta de que había leído sobre «las trivialidades del 23 de julio de 2008» el 23 de julio de 2010, cosa que habría considerado una coincidencia si no fuese porque, tras asistir a demasiadas supuestas coincidencias, había dejado de confiar en mi forma de entender la palabra.

Empecé a esperármelas, y, por eso, cuando volví a Brooklyn a visitar el banco de Harris en Prospect Park, me senté y aguardé. Pasó un judío ortodoxo, con los *peyots* bamboleándole de un lado a otro y las borlas del chal ondeándole por la cintura, pero no tuve claro si eso contaba. Esperé hasta que vi a un hombre que llevaba una camiseta con el cuadro de Mondrian del que Harris había hecho una copia y entonces ya pude irme del parque. En cuanto llegué a la calle, se puso a llover tan fuerte como el día que Harris murió.

¿Y si Harris no murió porque alguien le abrió una puerta sino porque se presentó en el umbral bajo la forma de un médico?, ¿o de una mosca doméstica? ¿Y si brillaba con una luz dorada y atravesó sin más la puerta? ¿Y si se había vuelto invisible?

¿Qué es lo que me gustaría?, ¿haber podido impedir que acabase con su vida?, ¿haber podido darle permiso para acabar con su vida, un permiso que no necesitaba? ¿Por qué le tengo rencor?, ¿porque al final no me necesitara, y porque ahora yo no pueda necesitarlo a él? ¿Cuándo dejé de separar su parte de suicida patológico del resto de él? ¿En qué momento remplacé al supuesto suicidio por su yo verdadero?

¿Por qué me resulta más fácil pensar «Harris se mató» que «alguna patología desconocida e invasora se introdujo en Harris sin que yo fuera consciente y, en un despiste mío, lo mató»?

No quiero admitir que no habría sido capaz de salvar a Harris de su muerte, que no soy mágica, ni especial, ni podría salvar a nadie. En el árbol los aguacates maduran y el sol reseca el jardín.

El proyecto de la vida es la ejecución de planes durante un periodo de tiempo de final abierto pero finito. La mayoría no sabemos cuánto durará, de modo que no sabemos cómo utilizar nuestro tiempo con mayor eficacia.

Cuando miro el velo que cubre el final de mi vida, me siento abrumada por la certeza de que no utilizaré todo el tiempo de manera tan completa como lo haría de conocer la fecha de mi muerte. Quiero rendirme.

Desde ese punto de vista, el suicidio es un plan racional.

Cuando me mudé a Los Ángeles, cogí un coche por primera vez en siete años y empecé a tartamudear. Apenas me salía la voz cuando me equivoqué de salida en la autopista, porque me fie de mi sentido de la orientación (que es de todo menos fiable) y acabé tremendamente perdida y llamando a mi marido para que me ayudase. De vuelta a casa desde el aeropuerto, tartamudeando al teléfono, sentí cómo me manaba la adrenalina por la sangre.

Cuando llevaba un mes viviendo en Los Ángeles, una mujer me contó que había mucha gente que no utilizaba las autopistas. Yo no lo sabía, yo pensaba que era condición indispensable. «Yo si tuviera que conducir todos los días me pegaría un tiro», aseguró.

Aunque yo había hecho mis progresos con el pánico que le tenía a las autopistas, en cuanto me dijo aquello, estuve encantada de creerla. Ya no tenía necesidad de temer que no era capaz de hacer lo que debía, lo que todos podían, que era una persona con una tara, un desastre de persona. Dejé de tenerles miedo a las rondas y me ha desaparecido el tartamudeo.

¿Y si alguien me dijera que no tengo por qué seguir pensando en Harris? «No tienes que recordarlo, los demás ya no lo recuerdan. No tienes por qué volver a pensar en él.»

La última vez que lo vi debió de ser la noche en que una percusionista tocó una pieza que había compuesto Harris para un instrumento imaginario (es decir, un instrumento que él había imaginado y construido). Se parecía a un theremín.

Yo había llegado tarde, por mi cuenta, porque no había querido ver toda la actuación; sabía que a mí no me diría mucho. Mientras yo apenas había ido más allá del algebra, Harris vivía en un mundo en el que las matemáticas eran eróticas.

Me quedé fuera unos minutos, orgullosa de Harris, pero sin tener claro si mi amigo se quería acostar con la guapa percusionista, o si ya se habían acostado, o si debíamos salir todos juntos o por separado. Recuerdo haber pensado que era mejor irme a casa, que ya había cumplido con mi amigo, y justo al momento siguiente me presentaron a un hombre que era de fuera.

La Brooklyn Inn tiene unas bonitas ventanas saledizas y molduras decorativas de estaño. Una noche que estuve allí bebiendo a solas, hace años, vi entrar a un hombre muy bien vestido, pedir un chupito, bebérselo de un trago, dejar unos cuantos billetes en la barra e irse por donde había venido. Sabes que es un buen bar cuando atrae a alcohólicos con ese nivel de familiaridad.

Me fui con el hombre que era de fuera y cogimos el cercanías para ir a la Brooklyn Inn, donde nos sentamos, bebimos y charlamos. En cuanto terminé la copa, le pasé el brazo por encima y le dije: «Ven aquí», y en cuanto eso ocurrió, supe lo que vendría y sentí una especie de alivio. Cogimos un taxi y fuimos a mi piso.

Nos despertamos, nos volvimos a quedar dormidos y nos despertamos de nuevo. Le pedí un taxi y él se fue al aeropuerto, de vuelta a su casa.

No, sí que vi a Harris en otra ocasión. Vino a la fiesta de Navidad que di en mi siguiente piso, el último que tuve en Nueva York antes de mudarme a California, y él se quedó hasta el final, pero esa tampoco fue la última vez que lo vi porque mi diario lo menciona el marzo del año siguiente, la noche que vino conmigo a un concierto por el norte de Manhattan.

En la recepción que dieron después de la actuación, en la bandeja de embutidos no había cuchillo, de modo que todos nos dedicamos a coger el fiambre con las manos. Me acuerdo de haberme llevado una loncha enrollada al balcón de una planta veintitrés, de haber mirado abajo y de haber ayudado a un hombre al que le había dado un ataque de vértigo, pero no me acuerdo de Harris en la recepción, ni tampoco de haberle dicho buenas noches o adiós, aunque es la última vez que lo vi de la que queda constancia.

Muchos pacientes psiquiátricos dan por hecho que los psicotrópicos serán una experiencia desagradable. La lista oficial de efectos secundarios –que merman la memoria, la cognición, la digestión, la respiración, todos los procesos básicos del organismo– me resulta aterradora incluso a mí, a pesar de que llevo más de una década tomando antipsicóticos a diario y no tengo intención de dejarlos.

Al poco de empezar a tomar su primer antipsicótico Harris me contó que había estado teniendo una sensación muy desagradable durante toda una semana: supe al instante que se trataba de acatisia.

Como se había hecho a la idea de que las pastillas serían nocivas de por sí, no se cuestionó los efectos secundarios, no le pidió otra cosa al médico, otras pastillas, otra dosis u otra combinación. Entre el sufrimiento conocido de una pastilla diaria y el sufrimiento errático pero menos frecuente de una enfermedad, toda persona razonable habría escogido la segunda, tal y como hizo él.

Su hermana me contó que le dijo, en el penúltimo año de vida —cuando él intentó visitar a todos sus amigos de fuera—: «No creo que vaya a vivir mucho».

Me contaron que Harris estaba con náuseas y deshidratado la última vez que lo internaron. Es posible que le dieran proclorperazina, el antiemético que a mí me produjo acatisia cuando lo tomé.

Ahora creo saber algo de lo que le pasó por la cabeza y de lo que sintió en esas últimas horas en que estuvo solo al final de su vida.

Delirando y asustado, es razonable pensar que pudo acusar a los médicos de haberlo drogado con un antipsicótico y no el antiemético que le habían dicho y que le provocaría el mismo suplicio posible. Es razonable pensar que creyó que mientras siguiese internado, nada haría parar la sensación de movimiento alocado y agónico.

Es posible que se fuese del hospital para ponerse a salvo de los médicos mentirosos y malintencionados. Es posible que decidiera caminar para librarse de la acatisia, esperar fuera del hospital en una seguridad relativa hasta que aquel suplicio envenenado se le pasara, pero tal vez las diez horas andando no le bastaron.

Lejos como estaba de cualquiera que hubiera podido darle algún medicamento para contrarrestar la acatisia, todo —el suplicio, el miedo horrible, la psicosis, la deshidratación y la fría lluvia— lo predispuso para oír, por fin, la voz de su cabeza que le dijo: «Tírate».

Si hubiese imaginado todo esto hace dos años, y si hubiese tenido forma de comunicarme con Harris tras su internamiento, y si de verdad le dieron un medicamento que le provocó acatisia, y si yo le hubiese recordado que solo era un efecto secundario de una medicina equivocada, tal vez no estaría muerto.

Creo que a estas alturas ya sé, con bastante precisión, de qué soy culpable.

Es tentador afirmar que he aprendido algo de suma importancia de la experiencia de la muerte de Harris, que esta instrucción me será útil en lo que me resta de vida, que todo ocurre por una razón que ha decidido una fuerza pensante omnisciente, omnipotente y benéfica en la que a los judíos no se les pide creer, en la que yo no creo y que no es posible que exista en el universo físico.

Si he aprendido algo de la muerte de Harris es que soy capaz de sobrevivirlo, y que tal vez viva largo tiempo, ahora que él ha reducido tan drásticamente la probabilidad estadística de mi propia autoaniquilación.

Otro día de playa, solo los cinco de la calle Chambers. Harris nos lleva en el coche de sus padres. La música suena bien alta. Él va cantando todas las canciones. Sube más el volumen. Se ven las ondas de calor en el asfalto.

En la playa la arena refleja el sol. Nos tostamos por ambos lados y nadamos en el mar. Uno de los otros me dice que deje de sonreír de esa manera, que me controle, pero no puedo. «Parece forzada», me dice. Estoy sonriendo ahora al recordarlo. Sigo sonriendo.

Harris es solo un resplandor trémulo, un conjunto nulo. Refleja mi duelo, y es tan luminoso que no veo mucho más por detrás, aunque tras el resplandor se distingue una silueta humana.

Miro a mi amigo y luego aparto la vista. Qué suerte tuve.

NOTAS

1 Véase Megan James, «Man struck by train is identified» ('Se identifica al hombre arrollado por el tren').

2 De la correspondencia personal con Emily L. Senecal en 2010.

3 Véase *Merriam-Webster's Collegiate Dictionary*.

4 *Ibidem*.

5 Véase H. J. Eysenck, «Classification and the problems of diagnosis».

6 Véase R. E. Drake y J. Ehrlich, «Suicide attempts associated with akathisia». «Algunas de las mejores definiciones de acatisia provienen de la literatura médica, de casos en los que se utilizó reserpina como antihipertensivo a mediados de los 50.» Véase David Healy, Andrew Herxheimer y David B. Menke, «Antidepressants and violence: problems at the interface of medicine and law», *PLoS Medicine*, 3:9, septiembre de 2006, pp. 1478-1487. «La acatisia tiene dos componentes: uno subjetivo (psicológico) y otro objetivo (motor).» Véase E. Szabadi, «Akathisia—or not sitting».

7 De Ladislav Haškovec, «L'akathisie».

8 De G. E. Berrios, «Lad Haškovec and akathisia: an introduction».

9 Véase Martin Brüne, «Ladislav Haškovec and 100 years of akathisia».

10 «Los manuales de Neurología de la era preantipsicóticos describen la acatisia en pacientes con párkinson; el término no ganaría en importancia hasta después de la introducción de los antipsicóticos en la década de 1950». Extraído de Pavel Mohr y Jan Volavka, «Ladislav Haškovec and akathisia: 100th anniversary».

11 «La acatisia es común en contextos de Medicina General, sobre todo entre pacientes a quienes se ha administrado antieméticos». En los pacientes de cáncer sometidos a quimioterapia, el 50 por ciento de los pacientes alcanza el umbral de diagnóstico de la acatisia, aunque el 75 por cierto afirma no haber sufrido los síntomas». Véase Hiroko Akagi y T. Manoj Kumar, «Akathisia: overlooked at a cost».

12 La acatisia sí se ha documentado debidamente como un efecto secundario común y angustiante de los fármacos antipsicóticos, así como una causa importante de que muchos pacientes se nieguen a seguir el tratamiento. Véase Akagi y Kumar, *op. cit.*; véase Thomas R. E. Barnes, «A rating scale for drug-induced akathisia»; véase Healy, Herxheimer y Menkes, *op. cit.*

13 Emily L. Senecal, *op. cit.*

14 «En caso de utilizarse de forma negligente o sin una adecuada supervisión médica [los antipsicóticos] pueden causar acatisia, un estado de agitación de una incomodidad extrema, inquietud muscular y una dificultad para estarse quieto (a menudo descrita por pacientes como sentimientos como si "se salieran de su propio pellejo")». Véase Kay Redfield Jamison, *Night falls fast.*

15 Barnes, *op. cit.*

16 Drake y Ehrlich, *op. cit.*

17 Drake y Ehrlich, *op. cit.*; Healy, Herxheimar y Menkes, «Antidepressants and violence»; J. R. Schulte, «Homicide and suicide associated with akathisia and haloperidol».

18 «La falta de identificación y tratamiento de este trastorno puede provocar un extraordinario sufrimiento en el paciente, quien puede empezar a barajar la idea del suicidio, en concreto, saltando». Véase Sabaawi, Holmes y Fragala, «Drug-induced akathisia».

19 Dudley Moore, últimas palabras según las recoge Rena Fruchter en su libro *Dudley Moore: An Intimate Portrait*.

20 Esther Hecht, portal oficial de la comunidad judía de Malta.

21 Woody Allen, *Annie Hall*.

22 Centro para el Control y la Prevención de Enfermedades, Sistema Nacional de Estadísticas Vitales, tablas de mortandad.

23 Véase Rachel Wetzsteon, versos de «Three Songs».

24 Véase Healey, Herxheimer y Menkes, *op. cit.*; Sabaawi, Holmes y Fragala, *op. cit.*; y Schulte, *op. cit.*

25 Véase Drake y Ehrlich, *op. cit.*

26 Véase Schulte, *op. cit.a*

27 Véase Schulte, *op. cit.*

BIBLIOGRAFÍA

AKAGI, Hiroko y T. Manoj Kumar, «Akathisia: overlooked at a cost», *British Medical Journal*, 324:7352, 22 de junio de 2002, pp. 1506-1507.

ALLEN, Woody, *Annie Hall*, largometraje de 93 minutos, MGM/UA, 1977.

BARNES, Thomas R. E., «A rating scale for drug-induced akathisia», *British Journal of Psychiatry*, 154, 1989, pp. 672-676.

BERRIOS, G. E., «Lad Haškovec and akathisia: an introduction», *History of Psychiatry*, 6, junio de 1995, pp. 243-251.

BRÜNE, Martin, «Ladislav Haškovec and 100 years of akathisia», *American Journal of Psychiatry*, 159:5, mayo de 2002, p. 727.

Centros de Control y Prevención de Enfermedades. Sistema de Estadísticas Vitales Nacionales, tablas sobre mortandad. www.cdc.gov/nchs/nvss/mortality_tables.htm.

DRAKE, R. E. y J. Ehrlich, «Suicide attempts associated with akathisia», *American Journal of Psychiatry*, 142, 1985, pp. 599-601.

EYSENCK, H. J., «Classification and the problems of diagnosis», en H. J. Eysenck (ed.), *Handbook of abnormal psychology*, pp. 1-31, Pitman, Londres, 1960.

Fruchter, Rena, *Dudley Moore: an intimate portrait*, Ebury Press, Londres, 2004.

Giuliani, Rudolph, discurso de la rueda de prensa del 11 de septiembre de 2001.

Godard, Jean-Luc, *À bout de souffle* (*Al final de la escapada*), largometraje de 90 minutos, Les Productions Georges de Beauregard, 1960.

Haškovec, Ladislav, «L'akathisie», *Revue Neurologique*, 9, 1901, pp. 1107-1109 (traducción del francés de G. E. Berrios).

–, «Nouvelles remarques sur l'akathisie», *Nouvelle Iconographie de la Salpêtrière*, 14, 1903, pp. 287-296.

Healy, David, Andrew Herxheimer y David B. Menkes, «Antidepressants and violence: problems at the interface of medicine and law», *PLoS Medicine*, 3:9, septiembre de 2006, pp. 1478-1487.

Hecht, Esther, Portal oficial de la Comunidad Judía de Malta (www.jewsofmalta.org).

James, Megan, «Man struck by train is identified», *Riverdale Press*, 7 de agosto de 2008.

Jamison, Kay Redfield, *Night falls fast*, p. 250, Random House, Nueva York, 1999.

Journal of the American Medical Association, 43, 27 de agosto de 1904, p. 622.

Merriam-Webster's Collegiate Dictionary, 11ª edición, definiciones de *psych-* y *-osis*.

–, definición de «psicosis».

Mohr, Pavel y Jan Volavka, «Ladislav Haškovec and akathisia: 100th anniversary», *British Journal of Psychiatry*, 181, 2002, p. 537.

SABAAWI, M., T. F. Holmes y M. R. Fragala. «Drug-induced akathisia: subjective experience and objective findings», *Military Medicine*, 159:4, abril de 1994, pp. 286-291.

SCHULTE, J. R., «Homicide and suicide associated with akathisia and haloperidol», *American Journal of Forensic Psychiatry*, 6, 1985, pp. 3-7.

SENECAL, Emily L., correspondencia por correo electrónico con la autora, 2010.

SZABADI, E., «Akathisia–or not sitting», *British Medical Journal*, 202, 19 de abril de 1986, pp. 1034-1035.

WETZSTEON, Rachel, versos de «Three songs», *The other stars*, Penguin, Nueva York, 1994.

AGRADECIMIENTOS

A la autora le gustaría dar las gracias a la American Academy of Arts and Letters, a la American Academy de Roma, a Adam Chapman, Maggie Nelson, Domenick Ammirati, Mitzi Angel, Chantal Clarke, Kathy Daneman, Jeremy Dauber, Matt Haber, Ben Herzog, Sheila Heti, Chelsea Hodson, Mishka Jaeger, Jennifer L. Knox, Nick Laird, Alan Lyman, Judith y Frank Manguso, PJ Mark, Jenny Moore, Ed Park, Emily Senecal, Michal Shavit, David Shields, David M. Sollors, Lorin Stein, Deb Olin Unferth, Carol y Howard Wulfson, así como a los editores de la *Seattle Review*, donde se publicó un fragmento de este libro –aunque con ligeras diferencias– titulado «Apuntes de clase».

Título original:
The Guardians. An Elegy

2024 Ediciones Alpha Decay, S.A.
Gran Via Carles III, 94 - 08028 Barcelona
www.alphadecay.org

Primera edición: octubre de 2024

Fotografía de cubierta: © Paul Strand, *Wall Street*, 1915

Edición coordinada por Julia Echevarría

Maquetación del interior: Robert Juan-Cantavella
Maquetación de la cubierta: Sergi Gòdia
Impresión: Imprenta Kadmos

BIC: BT
ISBN: 978-84-128913-0-0
Depósito Legal: B 17.114-2024

Esta
edición,
primera, de
Los guardianes,
Una elegía, se terminó
de imprimir en Salamanca en
el mes de octubre
de 2024.

TÍTULOS RELACIONADOS

Elegía para Sita
KATE MILLETT

Apuntes sobre el suicidio
SIMON CRITCHLEY

El tiempo vivido, sin su fluir
DENISE RILEY

En curso.
El final del diario
SARAH MANGUSO

Gente muy fría
SARAH MANGUSO